LÉGENDES CELTIQUES : D'ÉCOSSE EN IRLANDE

CONTES ET LÉGENDES CELTES, TOME IV

CÉLINE AMORIA

Légendes Celtiques : d'Écosse en Irlande

Contes et Légendes Celtes, Tome IV

Code ISBN : 9798507240326
Marque éditoriale : Independently published

De tous les valeureux jeunes hommes écossais du XIIIe siècle, aucun n'était plus élégant et plus brave que Thomas Learmont, Laird[1] du château d'Ercildoune, dans le Berwickshire.

Il aimait les livres, la poésie et la musique ; des goûts peu communs à cette époque. Le jeune homme appréciait par-dessus tout étudier la nature ainsi qu'observer les habitudes des animaux qui habitaient dans les champs et les bois autour de son domaine.

Un matin ensoleillé de mai, Thomas quitta sa Tour d'Ercildoune et se mit à errer dans les bois qui

[1] Un Laird est un Seigneur.

entouraient le Huntly Burn, un petit ruisseau qui descendait les pentes des collines d'Eildon.

C'était une belle matinée, fraîche, lumineuse et chaude.

Les feuilles tendres paraient tous les arbres d'un manteau vert. Parmi le tapis de mousse sous les pieds du jeune homme, des primevères jaunes et des anémones étoilées tournaient leur visage vers le ciel du matin.

Les petits oiseaux chantaient à gorge déployée et des centaines d'insectes volaient un peu partout sous le soleil tandis que, au bord du lac, des rats d'eau aux yeux brillants sortaient le nez de leurs huttes, comme s'ils savaient que l'été était arrivé et qu'ils voulaient prendre part à tout ce qui se passait.

Thomas était si heureux de cette joie environnante qu'il s'allongea au sol, à la racine d'un arbre près d'un ruisseau, pour observer les êtres vivants qui l'entouraient.

Alors qu'il était étendu là, il entendit le piétinement des sabots d'un cheval qui se frayait un chemin à travers les buissons. Il leva les yeux et vit s'avancer vers lui la plus belle femme qu'il ait jamais rencontrée. Celle-ci était assise sur un palefroi[2] gris.

Elle portait une tenue de chasse en soie étincelante, de la couleur de l'herbe fraîche du

---

[2] Au Moyen-âge, il s'agissait d'un type de cheval de grande valeur, utilisé pour la parade ou la marche.

printemps, et un manteau assorti à sa jupe cavalière pendait au-dessus de ses épaules.

Ses cheveux blonds comme de l'or ondoyant flottaient librement autour de ses épaules, et sur sa tête brillait un diadème de pierres précieuses qui scintillaient comme un feu au soleil.

Sa selle était en ivoire et son tapis de selle en satin rouge. Les sangles de sa selle étaient en soie cordée et ses étriers en cristal finement taillé.

Les rênes de son cheval étaient en or battu et des clochettes d'argent étaient attachées un peu partout, de sorte que, lorsque la cavalière avançait, elle produisait une musique céleste.

Apparemment, la jeune femme était déterminée à chasser, car elle portait un cor de chasse et un étui rempli de flèches. Elle menait sept lévriers en laisse, pendant que d'autres chiens couraient librement à côté du cheval.

Alors qu'elle descendait le vallon, elle se mit à chanter une vieille chanson écossaise. Elle avait l'air d'une Reine et sa tenue était si magnifique que Thomas (qui s'était agenouillé au bord du chemin) était comme en adoration devant elle. Il avait l'impression d'être devant la Sainte Vierge en personne.

Mais quand la cavalière arriva près du jeune homme et compris ce qu'il pensait, elle secoua la tête.

— Je ne suis pas cette Sainte Dame, dit-elle. Les hommes m'appellent Reine, mais je suis la Reine du Pays des Fées et non la Reine des Cieux.

Il semblait que ce qu'elle disait était vrai, car à partir de ce moment, c'était comme si un sort avait été jeté sur Thomas. Un sort puissant qui lui faisait oublier toute prudence, toute précaution et même tout bon sens.

Il savait qu'il était dangereux pour les mortels de se mêler aux Fées, mais il était tellement envoûté par la beauté de la Dame qu'il la supplia de lui donner un baiser.

C'est exactement ce qu'elle attendait de lui, car elle savait qu'après l'avoir embrassé une fois, elle l'aurait en son pouvoir.

Dès que leurs lèvres se scellèrent, le jeune homme horrifié vit un terrible changement se produire.

Le beau manteau et la jupe de soie disparurent, laissant la femme vêtue d'un long vêtement gris comme de la cendre.

Sa beauté sembla également s'estomper, elle devint de plus en plus vieille et laide, et la moitié de ses abondants cheveux dorés devinrent gris.

Lorsqu'elle remarqua l'étonnement et la terreur du pauvre jeune homme, elle éclata d'un rire moqueur.

— Je ne suis plus aussi belle à voir qu'au début, n'est-ce pas ? dit-elle. Mais cela importe peu, puisque tu m'as vendu ton âme, Thomas. Tu seras mon serviteur pendant sept longues années, car celui qui embrasse la Reine des Fées doit aller avec elle au Pays des Fées et la servir jusqu'à ce que ce temps soit révolu.

Quand il entendit ces mots, le pauvre Thomas tomba à genoux et demanda grâce. En vain.

La Reine des Fées se contenta de lui rire au nez.

— Non, non, dit-elle, en réponse à ses prières. Tu m'as demandé un baiser et maintenant tu dois en payer le prix. Ne traîne plus et monte derrière moi sur ce cheval, car je me suis déjà absentée trop longtemps de mes Terres.

Avec moult soupirs et gémissements de terreur, Thomas monta donc derrière elle. Dès qu'il l'eut fait, la Reine secoua la bride et le coursier gris partit au galop.

Ils continuèrent à avancer, plus vite que le vent, jusqu'à ce qu'ils quittent le monde des simples mortels. Ils se retrouvèrent alors au bord d'un grand désert, aride et sans âme qui vive.

Du moins était-ce ce que voyaient les yeux fatigués de Thomas d'Ercildoune, qui se demandait si lui et son étrange compagne de route allaient devoir traverser ce désert sans fin. Et si oui, existait-il une chance d'en atteindre l'autre côté vivant ?

Mais la Reine des Fées tira soudainement les rênes et le cheval gris s'arrêta net dans sa course folle.

— Il faut maintenant que tu descendes sur terre, Thomas, dit la Dame en jetant un regard par-dessus son épaule à son malheureux prisonnier. Après ça, baisse-toi et pose ta tête sur mes genoux afin que je te montre ce qui ne peut être vu par les yeux des mortels.

Thomas descendit et fit ce que la Reine des Fées lui avait dit.

Et alors qu'il regardait à nouveau le désert, tout semblait avoir changé. Il voyait maintenant trois routes qui le traversaient et qu'il n'avait pas remarquées auparavant.

Chacune de ces trois routes était différente.

L'une d'elles était large, plate et traversait directement le sable, de sorte que personne ne pouvait s'égarer en passant par elle.

La deuxième route était aussi différente que possible de la première. Elle était étroite, longue et sinueuse. Il y avait une haie d'épines d'un côté et une haie de bruyères de l'autre. Ces haies s'élevaient si haut, et leurs branches semblaient si sauvages et embrouillées, que ceux qui suivaient ce chemin devaient avoir bien du mal à persévérer dans leur voyage.

Enfin, la troisième route ne ressemblait à aucune des deux autres. C'était une jolie route en bon état qui serpentait une colline parmi des fougères, des bruyères et des ajoncs jaunes. Il semblait agréable d'y voyager.

— Maintenant, dit la Reine des Fées, si tu veux, je te dirai où mènent ces trois chemins. La première route est large et comme tu peux le voir : elle ne présente aucune difficulté. Beaucoup sont ceux à la choisir pour voyager. Pourtant, malgré son aspect avenant, elle mène à une fin tragique et les gens qui la choisissent se repentent à jamais de leur choix.

Quant à l'étroit chemin, sinueux et entravé par les épines et les ronces, il y en a peu qui se sont souciés de demander où il mène. Mais s'ils l'avaient fait, peut-être qu'un plus grand nombre d'entre eux aurait pu être incité à s'y aventurer. Car c'est là le chemin de la justice ; et bien qu'il soit dur et pénible, il se termine dans une ville magnifique, qu'on appelle la Ville du Grand Roi.

La troisième route, si jolie, qui remonte la colline parmi les fougères, semble ne conduire nulle part aux yeux des simples mortels, mais moi, je sais où elle mène, Thomas. Elle mène à la belle Terre du Royaume des Fées et c'est cette route que nous allons prendre.

Note bien, Thomas, que si jamais tu espères revoir ta Tour d'Ercildoune, tu devras faire attention à tenir ta langue lorsque nous serons au bout de notre voyage. Ne parle à personne d'autre qu'à moi, car si un mortel ouvre ses lèvres dans le Pays des Fées, il devra y rester pour toujours.

Après cela, la Reine lui ordonna de remonter sur le palefroi et ils partirent.

Le chemin de fougères n'était pas aussi beau qu'il le paraissait et celui-ci les mena rapidement dans un ravin étroit qui semblait descendre sous terre. Il n'y avait pas un seul rayon de lumière pour les guider, et l'air était humide et lourd.

On entendait de l'eau couler de part et d'autre, et le cheval gris finit par y plonger. Thomas sentit l'eau froide, d'abord sur ses pieds, puis sur ses genoux.

La bravoure du jeune homme s'était lentement affaiblie depuis qu'il avait été séparé de la lumière du jour et il se sentait condamné, car il se rendait maintenant à l'évidence : il lui semblait certain que son étrange compagne de voyage et lui-même ne sortiraient pas vivants de ce voyage.

Il tomba légèrement en avant, victime d'un petit malaise ; et s'il n'avait pas tenu fermement la robe gris cendre de la Fée, il aurait sans doute glissé du cheval et serait mort noyé.

Mais toutes les choses, bonnes ou mauvaises, passent avec le temps et enfin l'obscurité commença à s'éclairer. La lumière s'accentua et ils furent bientôt de nouveau éclairés pleinement par le soleil.

Thomas prit son courage à deux mains et leva les yeux. Il découvrit qu'ils traversaient un magnifique verger où poussaient en abondance des pommes et des poires, des dattes et des figues, ainsi que des mûres sauvages. Sa langue était si sèche et il se sentait si faible, qu'il mourait d'envie de pouvoir manger une partie de ces fruits pour se remettre d'aplomb. Il tendit la main pour en cueillir quelques-uns, mais la Reine des Fées se retourna sur sa selle et le lui interdit.

— Tout ce qu'il y a ici n'est pas bon à manger, dit-elle, sauf une pomme que je te donnerai tout à l'heure. Si tu en touches une autre, tu seras condamné à rester à jamais au Pays des Fées.

Le pauvre Thomas dut donc se retenir du mieux qu'il put et ils continuèrent à avancer lentement jusqu'à un petit arbre recouvert de pommes rouges. La Reine se pencha pour en cueillir une et elle la donna à son compagnon.

— Voici ce que je peux t'offrir, dit-elle. Je le fais avec joie, car ces pommes sont les pommes de la vérité. Celui qui en mange obtiendra une récompense : ses lèvres ne pourront plus jamais dire un seul mensonge.

Thomas prit la pomme et la mangea. Dès lors, et pour toujours, la Grâce de la Vérité reposa sur ses lèvres et c'est pourquoi, même des années plus tard, certains l'appelaient « Thomas le Vrai ».

Ils firent encore un tout petit peu de chemin avant d'apercevoir un magnifique château situé sur une colline.

— Voici ma demeure, déclara la Reine des Fées en désignant fièrement la forteresse. C'est là que Votre Seigneurie habite, ainsi que tous les nobles de sa cour. Comme Votre Seigneurie a mauvais caractère et n'apprécie pas les jeunes hommes étrangers qu'il voit en ma compagnie, je te prierai, pour ton bien et le mien, de ne rien dire à quiconque te parlera. Si quelqu'un me demande qui tu es et pourquoi tu ne dis pas un mot, je lui répondrai que tu es muet. Ainsi, tu passeras inaperçu.

Après ces quelques mots, la Dame leva son cor de chasse puis fit retentir un son fort et perçant ; et ce faisant, un merveilleux changement s'opéra en elle. Sa vilaine robe couverte de cendres s'évapora et le gris de ses cheveux disparut. Elle portait de nouveau ses beaux habits et son visage était redevenu jeune et joli.

Thomas aussi avait changé, en jetant un coup d'œil sur lui-même, il découvrit que ses vêtements de campagne avaient été transformés en un beau costume de tissu brun et il portait désormais des chaussures en satin.

Les portes du château s'étaient ouvertes au son du cor et le Roi se précipita à la rencontre de la Reine. Il était accompagné d'un tel nombre de chevaliers et de dames, de ménestrels et de serviteurs, que Thomas, qui s'était glissé du cheval, n'eut aucun mal à obéir à la volonté de la Reine et à passer inaperçu dans le château.

Tout le monde semblait très heureux de revoir la Reine. Alors qu'ils étaient entassés autour d'elle dans la Grande Salle, elle parlait à chacun avec gentillesse et permettait qu'on lui baise la main. Puis elle avança avec son mari jusqu'à une estrade au fond de l'immense pièce où se trouvaient deux trônes sur lesquels le couple royal s'assit pour assister aux festivités qui pouvaient désormais commencer.

Le pauvre Thomas, quant à lui, se tenait au loin, à l'autre bout de la salle. Il se sentait très seul, mais il restait néanmoins fasciné par la scène extraordinaire qu'il contemplait.

Car, pendant que toutes les belles dames, les nobles et les chevaliers dansaient dans une partie de la salle, ailleurs des chasseurs allaient et venaient. Ils transportaient de grands cerfs avec leurs bois, qu'ils avaient apparemment tués lors de leur dernière partie de chasse, et les jetaient en tas sur le sol. Des rangées de cuisiniers qui se tenaient à côté des dépouilles des animaux, les coupaient en morceaux et les emportaient afin de les cuire.

C'était un spectacle tellement étrange et incroyable que Thomas ne se rendit pas compte du temps qui s'écoulait. Il resta debout et regarda sans relâche, sans jamais dire un mot à personne.

Cela dura trois longs jours.

Puis la Reine se leva de son trône, s'éloigna de l'estrade et traversa la salle pour le rejoindre.

— Il est temps de remonter à cheval et de partir, Thomas, dit-elle. Du moins, si tu veux revoir un jour le beau Château d'Ercildoune.

Thomas la regarda avec stupéfaction.

— Vraiment ? Mais vous aviez dit que je devrais rester ici sept longues années, Madame ! s'exclama-t-il. Je ne suis ici que depuis trois jours.

La Reine sourit.

— Le temps passe vite au Pays des Fées, mon ami, répondit-elle. Tu penses que tu n'es ici que depuis trois jours, mais c'est faux. Cela fait sept ans que nous nous sommes rencontrés. Et maintenant, il est temps que tu repartes. J'aurais aimé t'avoir plus longtemps à mes côtés, mais ce serait dangereux pour toi. Tous les sept ans, un Esprit malin vient des régions des ténèbres et emporte avec lui l'un de nos disciples, celui de son choix. Comme tu es un homme bon, je crains qu'il ne te choisisse. Étant donné que je ne souhaite pas qu'il t'arrive un tel malheur, je te ramènerai dans ton Pays cette nuit même.

Une fois de plus, on apporta le palefroi gris, et Thomas et la Reine le chevauchèrent. Ils retournèrent à l'endroit où ils s'étaient rencontrés, près de l'arbre Eildon et de la rivière.

Puis la Reine fit ses adieux à Thomas et il lui demanda de lui offrir quelque chose qui ferait savoir aux gens qu'il était vraiment allé au Pays des Fées.

— Je t'ai déjà offert la Grâce de la Vérité, répondit-elle. Je vais maintenant t'accorder les dons de la prophétie et de la poésie, afin que tu puisses prédire l'avenir et écrire des versets merveilleux. En plus de ces dons invisibles, voici quelque chose que les mortels pourront voir de leurs propres yeux : une harpe qui a été fabriquée au Pays des Fées. Adieu, mon ami. Un jour, peut-être, je reviendrai pour toi.

Sur ces mots, la Dame disparut et Thomas resta seul, un peu triste de se séparer d'un Être si radieux et de revenir dans le monde ordinaire des Hommes.

Après cela, il vécut de nombreuses années dans son Château d'Ercildoune. La renommée de sa poésie et de ses prophéties se répandit dans tout le pays, si bien qu'on l'appelait « Thomas le Vrai » et « Thomas le Poète ».

Il prononça tant de prophéties qui se révélèrent vraies qu'il serait bien trop long de pouvoir toutes vous les raconter.

*

Quatorze longues années passèrent et l'on commença à oublier que Thomas le Poète était un jour allé au Pays des Fées.

Enfin, un jour vint où l'Écosse était en guerre avec l'Angleterre, et où l'armée écossaise se reposait sur les rives du Tweed, non loin de la Tour d'Ercildoune.

Le Maître de la Tour décida de faire un festin, et d'inviter tous les Nobles et Barons qui dirigeaient l'armée à souper avec lui.

Ce festin resta longtemps dans les mémoires, car le Laird d'Ercildoune veillait à ce que tout soit aussi grandiose que possible et lorsque le repas fut terminé, il se leva, prit sa harpe du Pays des Fées et il chanta à ses invités rassemblés quelques chansons des jours d'autrefois.

Ses convives l'écoutaient, le souffle coupé, car ils avaient l'impression qu'ils n'entendraient plus jamais une musique aussi merveilleuse.

Cette même nuit, après que tous les nobles sont retournés dans leurs tentes, un soldat de garde vit au clair de lune un cerf et une biche (blancs comme la neige) qui se déplaçaient lentement sur la route qui passait devant le camp.

Il y avait quelque chose de si inhabituel chez ces animaux, qu'il appela son supérieur pour qu'il vienne les voir. L'officier appela ses frères d'armes et bientôt il y eut une foule qui suivit doucement les créatures silencieuses, lesquelles avançaient solennellement, comme si elles marchaient au rythme d'une musique que les oreilles des mortels ne pouvaient pas percevoir.

— Tout cela est très étrange, finit par dire un soldat. Envoyons chercher Thomas d'Ercildoune, peut-être pourra-t-il nous dire s'il s'agit d'un présage ou non.

— Oui, faites venir Thomas d'Ercildoune ! s'écria tout le monde.

Une personne fut donc envoyée en toute hâte à la vieille Tour afin de tirer le Poète de son sommeil.

Lorsqu'il entendit le message du garçon, le visage du devin se fit sérieux.

— C'est une invitation, dit-il doucement. Une invitation de la Reine des Fées. Je l'ai longtemps attendue et elle est enfin arrivée.

Lorsqu'il sortit, au lieu de se joindre à la petite troupe des hommes qui l'attendaient, il marcha tout droit vers le cerf et la biche.

Dès qu'il les atteignit, ils s'arrêtèrent un moment, comme pour le saluer.

Puis tous les trois descendirent lentement une rive escarpée qui s'inclinait vers la petite rivière

Leader et ils disparurent dans ses eaux écumantes, car le ruisseau était en pleine crue.

Malgré une recherche minutieuse effectuée, aucune trace de Thomas d'Ercildoune ne fut trouvée et jusqu'à ce jour, les gens du pays croient toujours que le cerf et la biche étaient des messagers de la Reine des Fées et que le Laird est retourné au Pays des Fées avec eux.

Il était une fois, une petite Princesse nommée Arbre-D'Or. C'était l'une des plus jolies enfants du monde entier.

Malgré le fait que sa mère soit morte quand elle n'était encore qu'un bébé, elle menait une vie très heureuse, car son père l'aimait beaucoup et pensait que rien n'était un problème tant que cela faisait plaisir à sa petite fille. Mais arriva le jour où le Roi se remaria et c'est alors que les chagrins de la petite Princesse commencèrent.

Car la nouvelle femme du Roi, dont assez étrangement le nom était Arbre-D'Argent, était certes très belle, mais aussi très jalouse et elle craignait de rencontrer un jour une personne dont la beauté dépasserait la sienne.

Lorsqu'elle découvrit que sa belle-fille était si jolie, elle se mit tout de suite à la détester. Elle la regardait toujours en se demandant si les gens la trouveraient plus belle qu'elle. Et parce que, au fond de son cœur, elle avait peur que ce soit le cas, elle se montrait vraiment très méchante avec la fille du Roi.

Enfin, un jour, alors que la Princesse Arbre-D'Or était devenue une jeune fille très gracieuse, elle accompagna sa belle-mère jusqu'à un petit puits entouré d'arbres qui se trouvait au milieu d'un profond vallon.

L'eau de ce puits était si claire que tous ceux qui y regardaient pouvaient voir leur visage s'y refléter. La Reine, toujours très orgueilleuse, aimait venir y jeter un coup d'œil afin d'admirer sa propre image se refléter dans l'eau.

Mais ce jour-là, alors qu'elle regardait à l'intérieur du puits, elle aperçut une petite truite qui nageait tranquillement, pas très loin de la surface.

— Petite truite, réponds à ma question, dit la Reine. Ne suis-je pas la plus belle femme du monde ?

— Non, vous ne l'êtes pas, répondit aussitôt la truite, qui avait sauté hors de l'eau pour parler et en profita pour avaler une mouche.

— Dans ce cas, dis-moi qui est la plus belle femme ? demanda la Reine, déçue, car elle s'attendait à une réponse bien différente.

— Votre belle-fille, la Princesse Arbre-D'Or, est sans aucun doute la plus belle de toutes les femmes, répondit le petit poisson ; puis effrayé par le regard noir qui s'était posé sur le visage de la Reine jalouse, il plongea au fond du puits.

L'attitude de la truite n'était guère étonnante : la Reine semblait terrifiante tandis qu'elle regardait avec fureur sa belle-fille qui était occupée à cueillir des fleurs un peu plus loin.

La Reine Arbre-D'Argent était tellement ennuyée à l'idée que l'on puisse dire que la jeune fille était plus jolie qu'elle, qu'elle perdit son sang-froid et qu'elle était dans une rage folle lorsqu'elle rentra au château.

Elle monta dans sa chambre et se jeta sur son lit en déclarant qu'elle se sentait vraiment très mal.

La Princesse Arbre-D'Or lui demanda ce qui se passait et si elle pouvait faire quelque chose pour elle. En vain. Sa belle-mère ne voulait pas que la Princesse s'approche d'elle et la repoussa comme si la jeune fille avait été une créature malfaisante. La Princesse la laissa donc seule et sortit de la pièce ; elle se sentait très triste.

Peu de temps après, le Roi rentra de sa partie de chasse et demanda aussitôt à voir la Reine. On lui apprit que cette dernière était atteinte d'une maladie soudaine et qu'elle s'était couchée sur son lit, dans sa chambre. Personne, pas même le médecin de la Cour qui avait été convoquée à la hâte, ne réussissait à comprendre ce qui lui arrivait.

Grandement angoissé (car il aimait sincèrement son épouse), le Roi se rendit à son chevet. Il demanda à la Reine comment elle se sentait et s'il pouvait faire quelque chose pour la soulager.

— Oui, il y a bien une chose que vous pourriez faire, répondit-elle gravement. Cependant, je sais très bien que même si c'est la seule chose qui me guérirait, vous ne le ferez pas.

— Ne dites pas cela, protesta le Roi. Vous savez pertinemment que je vous donnerai tout ce que vous me demanderez, quand bien même s'agirait-il de la moitié de mon Royaume !

— Alors, donnez-moi le cœur de votre fille à manger ! s'écria la Reine. Si je ne peux pas l'obtenir, je mourrai rapidement.

Elle avait parlé d'une façon si violente et le regardait d'une manière si étrange, que le pauvre Roi pensa qu'elle avait perdu la raison. Il était désemparé et ne savait plus que faire.

Plongé dans une grande détresse, il quitta la pièce et parcourut le couloir de long en large, jusqu'à ce qu'il se souvienne enfin que, le matin même, le fils d'un grand Roi était venu d'un pays lointain, de l'autre côté de la mer, et lui avait demandé la main de sa fille.

— C'est la solution idéale, se dit-il. L'idée de ce mariage me plaît bien et je le ferai célébrer immédiatement. Puis, quand ma fille sera en sécurité hors du pays, j'enverrai un garçon sur la colline, où il tuera un bouc. Je demanderai que le cœur de l'animal soit cuisiné et je l'offrirai à ma femme. Peut-être que le simple fait de voir cela la guérira de cette folie.

Il fit donc convoquer le Prince étranger devant lui. Il lui raconta comment la Reine avait contracté une maladie soudaine qui semblait lui avoir endommagé le cerveau, et lui avait fait prendre en grippe la Princesse. Il ajouta que ce serait une bonne chose si, avec le consentement de la jeune fille, le mariage pouvait avoir lieu immédiatement, afin que la Reine puisse rester seule et se remettre de son étrange maladie.

Le Prince était ravi d'obtenir aussi facilement la main de la jeune femme et la Princesse était heureuse d'échapper à la haine de sa belle-mère.

Le mariage eut donc lieu immédiatement et les jeunes mariés traversèrent la mer pour rejoindre le pays du Prince.

Le Roi envoya alors un jeune homme sur la colline pour tuer un bouc. Il donna ensuite l'ordre que le cœur de l'animal soit cuisiné et dressé sur une assiette, puis il l'envoya dans les appartements de la Reine, sur un plateau en argent.

La méchante femme y goûta, croyant que c'était le cœur de sa belle-fille, et après avoir fait cela, elle se leva de son lit et parcourut le château. Elle semblait plus belle et plus en forme que jamais.

Par chance, le mariage de la Princesse Arbre-D'Or, qui s'était fait de façon précipitée, se révéla être un grand succès. Le Prince qu'elle avait épousé était riche, grand, puissant et il l'aimait beaucoup. La jeune femme était donc très heureuse à ses côtés.

La vie continua paisiblement pendant un an.

La Reine Arbre-D'Argent était satisfaite et contente, car elle pensait que sa belle-fille était morte alors qu'en réalité, la Princesse vivait heureuse et prospère dans sa nouvelle demeure.

Mais un jour, la Reine se rendit une fois de plus au puits dans le petit vallon, afin de voir son visage se refléter dans l'eau. Et le hasard voulu que la même petite truite y nageait, comme l'année précédente.

Cette fois-ci, la Reine était déterminée à obtenir une réponse plus satisfaisante à sa question.

— Petite truite, chuchota-t-elle, penchée au bord du puits, ne suis-je pas la plus belle femme du monde ?

— Non, vous ne l'êtes pas, répondit la truite, d'une manière franche et directe.

— Alors, qui est la plus belle femme ? demande la Reine, le visage blême à la pensée d'avoir une autre rivale.

— La belle-fille de Votre Majesté, la Princesse Arbre-D'Or, répondit la truite.

La Reine poussa un soupir de soulagement.

— Eh bien, les gens ne peuvent plus l'admirer maintenant, dit-elle, car cela fait un an qu'elle est morte. J'ai même mangé son cœur !

— En êtes-vous certaine, Votre Majesté ? demanda la truite, l'œil pétillant. Il me semble que cela fait un an qu'elle a épousé un jeune Prince venu de l'étranger pour demander sa main et qu'elle l'a suivi dans son Pays.

Lorsque la Reine entendit ces mots, une colère froide monta en elle, car elle comprenait soudain que son mari l'avait bernée.

Elle se leva et rentra directement au Palais. Elle fit de son mieux pour cacher la rage qui l'animait et demanda à son mari s'il accepterait de donner l'ordre de lui préparer un bateau, car elle souhaitait rendre visite à sa chère belle-fille qu'elle n'avait plus revue depuis si longtemps.

Le Roi fut quelque peu surpris par sa demande, mais il n'était que trop heureux de penser qu'elle avait surmonté sa haine envers la Princesse et il ordonna qu'un navire soit préparé immédiatement pour son épouse.

Bientôt, le bateau se mit à naviguer à toute allure. Sa proue se dirigeait vers la terre où vivait la Princesse. Comme la Reine connaissait la route que le navire devait suivre et qu'elle était terriblement pressée d'arriver sur place, elle ne laissa personne d'autre qu'elle-même prendre la barre.

Ce jour-là, la Princesse Arbre-D'Or était seule, car son mari était parti à la chasse. Et alors qu'elle regardait par la fenêtre du château, elle vit un bateau approcher. Elle reconnut tout de suite le navire de son père et elle devina aisément qui il transportait à bord.

Elle était presque effrayée à l'idée de revoir la Reine Arbre-D'Argent, car elle savait que si celle-ci se donnait la peine de lui rendre visite, ce n'était sûrement pas pour de bonnes raisons.

La Princesse songea qu'elle aurait donné tout ce qui était en son pouvoir pour que son époux, le

Prince, soit à ses côtés. Dans sa détresse, elle se précipita dans le hall des domestiques.

— Oh, que vais-je faire ? s'écria-t-elle. J'ai vu le navire de mon père approcher d'ici et je sais que ma belle-mère est à bord. Elle me tuera si elle en a l'occasion, car elle me hait plus que tout au monde.

Les domestiques vouaient une véritable adoration à leur jeune Maîtresse, car elle était toujours gentille et attentionnée envers eux. Lorsqu'ils virent à quel point elle semblait effrayée et entendirent ces tristes paroles, ils se rassemblèrent autour d'elle, comme pour la protéger de tout mal qui la menaçait.

— N'ayez pas peur, Votre Altesse, s'écrièrent-ils. Nous vous défendrons au péril de nos vies.

Cependant, au cas où votre belle-mère aurait le pouvoir de vous jeter un mauvais sort, nous allons vous enfermer dans la Grande Salle à Meneaux, où elle ne pourra pas vous approcher.

La Grande Salle à Meneaux était une chambre forte située dans une partie peu empruntée du château et sa porte était si épaisse que personne ne pouvait la franchir. La Princesse savait qu'une fois à l'intérieur de la pièce, avec la robuste porte en chêne entre elle et sa belle-mère, elle serait parfaitement à l'abri de tout méfait que cette méchante femme pourrait inventer.

La Princesse consentit donc à la suggestion de ses fidèles serviteurs et leur permit de l'enfermer dans la Grande Salle à Meneaux.

Quand la Reine Arbre-D'Argent arriva devant la grande porte du Château et ordonna au laquais qui l'avait ouverte de la conduire à sa Maîtresse Royale, il lui répondit, avec une révérence, que c'était impossible : la Princesse était enfermée dans la salle forte du Château et elle ne pouvait pas en sortir, car personne ne savait où se trouvait la clé.

(Ce qui était en partie vrai, car le vieux majordome l'avait attaché au cou du chien de berger préféré du Prince et avait envoyé l'animal dans les collines afin qu'il parte chercher son maître.)

— Conduisez-moi jusqu'à cette pièce. Que je puisse au moins parler à ma chère belle-fille à travers la porte.

Et le laquais, qui ne voyait là aucun mal, fit ce qu'on lui demandait.

— Si la clé est vraiment perdue et que vous ne pouvez pas sortir pour m'accueillir, chère Arbre-D'Or, passez au moins votre petit doigt par le trou de la serrure afin que je puisse l'embrasser, dit la Reine fourbe.

La Princesse fit ce que sa belle-mère lui avait dit, car elle n'imaginait pas que la Reine puisse la blesser par un geste aussi simple. Mais c'est pourtant ce qui arriva. Car au lieu d'embrasser le petit doigt, sa belle-mère le piqua avec une aiguille empoisonnée et le poison était si mortel que, avant même qu'elle n'ait pu pousser un seul cri, la pauvre Princesse tomba au sol, morte.

Lorsqu'elle entendit la chute de la jeune femme, un sourire de satisfaction se dessina sur le visage de la Reine Arbre-D'Argent.

— Maintenant, je suis la plus belle femme du monde, chuchota-t-elle.

Et elle retourna voir le laquais qui l'attendait au bout du couloir. Elle lui dit qu'elle avait fini de parler avec la Princesse et qu'elle devait maintenant rentrer chez elle.

Le domestique l'accompagna donc jusqu'au bateau avec toute la cérémonie requise et la méchante Reine repartit pour son pays. Personne dans le château ne sut qu'un malheur était arrivé à la Princesse jusqu'à ce que le Prince rentre de sa partie de chasse. Il tenait à la main la clé de la

Grande Salle à Meneaux qu'il avait prise au cou de son chien de berger.

Il rit en entendant le récit de la visite de la Reine Arbre-D'Argent et dit à ses domestiques qu'ils avaient agi avec intelligence ; puis il monta les escaliers en courant afin d'aller ouvrir la porte et libérer sa femme.

C'est avec horreur et consternation que le Prince la découvrit, gisant morte à ses pieds. Le jeune homme était dans tous ses états, tiraillé entre la rage et le chagrin.

Comme il savait qu'un poison mortel, tel que celui qu'avait utilisé la Reine Arbre-D'Argent, préserverait le corps de la Princesse afin qu'il n'ait pas besoin d'être enterré, il le fit déposer sur un canapé en soie et le laissa dans la chambre forte. Il pouvait ainsi aller voir la défunte et se recueillir auprès de son corps, quand il le souhaitait.

Le Prince était si terriblement seul qu'il se remaria peu de temps après. Sa deuxième femme était aussi douce et aussi bonne que la première.

Cette seconde épouse était très heureuse. Une seule petite chose lui causait quelques soucis, mais elle était trop raisonnable pour laisser cela la rendre malheureuse.

Cette unique chose, c'était cette pièce mystérieuse dans le château : une pièce qui se trouvait au bout d'un passage et dans laquelle elle ne pouvait jamais entrer, car son mari gardait toujours la clé sur lui. Et comme lorsqu'elle lui demandait la raison de tout cela, il lui donnait toujours une excuse quelconque, elle avait décidé qu'elle ne voulait pas avoir l'air de ne pas lui faire confiance. Alors, elle ne posait plus de questions à ce sujet.

Mais un jour, le Prince oublia de fermer la porte à clé, et puisqu'il ne lui avait jamais interdit de le faire, elle entra dans la chambre forte.

Là, elle vit la Princesse Arbre-D'Or, étendue sur le canapé de soie, comme si elle dormait.

« Est-elle morte ou ne fait-elle que dormir ? », se demanda-t-elle.

Elle marcha vers le canapé et regarda la Princesse de plus près. Et là, en appuyant sur son petit doigt, elle y découvrit une aiguille de forme curieuse.

« On dirait qu'elle a été victime d'une œuvre maléfique. Si cette aiguille n'est pas empoisonnée, alors je ne réponds plus de rien ! »

Elle retira soigneusement l'aiguille empoisonnée et aussitôt, la Princesse Arbre-D'Or ouvrit les yeux puis s'assit.

Comme elle se sentait suffisamment bien, elle se mit à raconter toute son histoire à l'autre Princesse.

Si sa belle-mère était de nature jalouse, l'Autre Princesse ne l'était pas du tout. Quand elle apprit ce qui s'était passé, elle frappa dans ses petites mains en criant :

— Oh, comme le Prince va être heureux ! Même s'il s'est remarié avec moi, je sais que c'est toi qu'il a toujours aimé le plus.

Cette nuit-là, le Prince rentra de la chasse l'air las et triste, car ce que sa seconde femme avait dit était tout à fait vrai. Même s'il l'aimait beaucoup, il était toujours en deuil de son premier amour, la Princesse Arbre-D'Or.

— Vous paraissez si triste ! s'exclama sa femme en allant à sa rencontre. N'y a-t-il rien que je puisse faire pour vous faire sourire ?

— Rien, répondit péniblement le Prince en déposant son arc.

Il avait trop mal au cœur pour faire semblant d'être gai.

— Rien, si ce n'est vous rendre la Princesse Arbre-D'Or, dit malicieusement sa femme. Et ça, je peux le faire. Vous la trouverez bien vivante dans la Grande Salle à Meneaux.

Sans un mot, le Prince monta à l'étage en courant. Il y découvrit sa chère Arbre-D'Or, assise sur le canapé, prête à l'accueillir.

Il était si heureux, qu'il passa les bras autour de son cou et l'embrassa encore et encore, oubliant sa pauvre deuxième épouse qui l'avait suivi à l'étage et qui se tenait maintenant debout pour regarder les retrouvailles qu'elle avait rendues possibles.

Mais elle ne semblait pas s'apitoyer sur son sort.

— J'ai toujours su que votre cœur appartenait à la Princesse Arbre-D'Or, dit-elle. Et il n'est que justice qu'il en soit ainsi, car elle était votre premier amour. Maintenant, puisqu'elle est revenue à la vie, je vais retourner chez les miens.

— Non, n'en faites rien, répondit le Prince. C'est vous qui m'avez apporté cette joie. Vous resterez donc avec nous et nous vivrons tous les trois heureux, ensemble. Arbre-D'Or et vous allez devenir de grandes amies, j'en suis certain.

Et c'est ainsi que les choses se passèrent. La Princesse Arbre-D'Or et l'autre Princesse devinrent rapidement comme des sœurs, et s'aimèrent comme si elles avaient grandi ensemble.

Ainsi s'écoula une autre année et un soir, dans le vieux pays, la Reine Arbre-D'Argent retourna se regarder dans l'eau du petit puits du vallon.

Et, comme cela s'était déjà produit deux fois auparavant, la truite était là.

— Petite truite, murmura-t-elle, ne suis-je pas la plus belle femme du monde ?

— Non, vous ne l'êtes pas, répondit la truite, comme elle l'avait fait les deux fois précédentes.

— Et qui est la plus belle femme ? demanda la Reine, la voix tremblante de rage et de vexation.

— Je vous ai déjà donné son nom il y a deux ans, répondit la truite. Il s'agit de la Princesse Arbre-D'Or.

— Mais elle est morte ! s'écria la Reine en riant. J'en suis sûre cette fois-ci, car cela fait un an que j'ai enfoncé une aiguille empoisonnée dans son petit doigt. Je l'ai entendue tomber, inanimée, sur le sol.

— Je n'en serais pas si sûre à votre place, répondit la truite, et sans dire un mot de plus, elle plongea directement au fond du puits.

Après avoir entendu ces paroles mystérieuses, la Reine ne tenait plus en place et elle finit par demander à son mari de faire préparer une nouvelle fois le navire afin qu'elle puisse aller voir sa belle-fille.

Le Roi ordonna avec joie qu'on prépare le bateau pour sa femme et tout se passa comme la dernière fois. Elle dirigea elle-même le navire et lorsqu'il approcha de la terre, il fut vu et reconnu par la Princesse Arbre-D'Or.

Le Prince était parti à la chasse et la Princesse courut, terrorisée, vers son amie, l'autre Princesse, qui se trouvait à l'étage, dans ses appartements.

— Oh, que vais-je faire ? s'écria-t-elle. J'ai vu arriver le navire de mon père et je sais que ma cruelle belle-mère est à son bord. Elle va essayer de me tuer, comme elle a déjà essayé de le faire auparavant. Oh ! Fuyons ensemble dans les collines !

— Non, répondit l'autre Princesse en jetant ses bras autour d'Arbre-D'Or qui tremblait comme une feuille. Je n'ai pas peur de votre belle-mère.

Venez avec moi, nous allons descendre au bord de la mer pour la saluer.

Elles descendirent donc toutes les deux au bord de l'eau.

Lorsque la Reine Arbre-D'Argent vit sa belle-fille arriver, elle fit semblant d'être très contente et sortit du bateau pour courir à sa rencontre.

Une fois près de la Princesse Arbre-D'Or, elle lui tendit un gobelet d'argent rempli de vin.

— Tenez, buvez. C'est un vin rare de l'Est, dit-elle, et il est donc très précieux. J'ai apporté un second gobelet pour moi, afin que nous puissions trinquer et nous engager l'une envers l'autre dans une coupe de l'amitié.

La Princesse Arbre-D'Or, qui était toujours douce et courtoise, aurait certainement tendu la main pour attraper la coupe si l'autre Princesse ne s'était pas interposée entre elle et sa belle-mère.

— Non, Madame, dit-elle gravement en regardant la Reine en face. La coutume dans ce pays veut que la personne qui offre un verre de l'amitié soit la première à boire dans la coupe offerte.

— Je suivrai volontiers la coutume, répondit la Reine, et elle porta le gobelet d'argent à sa bouche.

Mais l'autre Princesse, qui la surveillait de près, remarqua qu'elle ne laissait pas le vin qu'il contenait toucher ses lèvres. Elle s'avança donc et tapa le fond de la coupe avec son épaule. La Reine poussa un cri et une partie du contenu du gobelet gicla sur son visage pendant qu'une autre partie descendit au fond de sa gorge avant qu'elle ne puisse refermer sa bouche.

Ainsi tomba-t-elle à son propre piège, car elle avait rendu le vin si vénéneux qu'avant même de l'avoir complètement avalé, elle tomba aux pieds des deux Princesses. Morte.

Personne ne fut triste pour elle, car elle méritait vraiment son sort.

La méchante Reine fut enterrée à la hâte dans un morceau de terre isolé et tout le monde l'oublia très vite.

Quant à la Princesse Arbre-D’Or, elle vécut heureuse et paisible auprès de son mari et de leur amie.

Il était une fois un Page qui était en service dans un Château majestueux. C'était un petit bonhomme toujours de bonne humeur et qui faisait son travail avec tant d'enthousiasme, que tout le monde l'appréciait : du grand Comte qu'il servait tous les jours à genoux au vieux majordome dont il faisait les courses.

Le Château se trouvait au bord d'une falaise surplombant la mer et bien que les murs de ce côté-ci soient très épais, il y avait à l'intérieur une petite poterne. Cette dernière s'ouvrait sur une étroite volée de marches, lesquelles descendaient le long de la falaise jusqu'au bord de la mer afin que tous ceux qui le souhaitaient puissent s'y rendre les matins d'été et se baigner dans la mer scintillante.

De l'autre côté du Château, il y avait des jardins et des terrains d'agrément s'ouvrant sur une longue étendue de lande couverte de bruyère qui finissait par rencontrer une lointaine série de collines.

Le petit Page aimait beaucoup aller sur cette lande quand son travail était terminé, car il pouvait alors courir autant qu'il le voulait, chasser les bourdons, attraper des papillons et chercher des nids d'oiseaux.

Le vieux majordome s'en réjouissait, car il savait qu'il était bon pour un jeune garçon en bonne santé de s'amuser en plein air. Mais avant que le garçon ne sorte, le vieil homme lui donnait toujours un avertissement :

— Fais bien attention à ce que je te dis, mon garçon, et éloigne-toi de la Colline des Fées. Il faut se méfier de cet endroit et des Petits Êtres qui y vivent.

La Colline des Fées était une petite colline verte qui se trouvait sur la lande, à moins de vingt mètres de la porte du jardin.

Les gens disaient que c'était la demeure des Fées et que ces dernières punissaient tout mortel téméraire qui s'approchait trop près d'elles.

C'est pourquoi durant la journée, les gens de la campagne préféraient faire un détour, quitte à marcher plus longtemps, plutôt que de courir le risque de s'approcher trop près de la Colline des Fées et de s'attirer les foudres des Petits Êtres. La nuit tombée, ils ne traverseraient pratiquement pas la lande, car tout le monde savait que les Fées attendaient l'obscurité pour venir dans le monde des Mortels et que la porte de leur maison restait ouverte. De sorte que tout mortel malchanceux qui se montrait imprudent risquait de se retrouver à l'intérieur.

Le petit Page était un garçon aventureux et au lieu d'être effrayé par les Fées, il était très curieux à l'idée de les voir et de visiter leur demeure, juste pour savoir comment c'était.

Une nuit, alors que tout le monde dormait, il sortit du château par la petite poterne, descendit les marches de pierre, longea le bord de mer, monta sur la lande et se rendit directement à la Colline des Fées

À sa grande joie, il découvrit que ce que tout le monde disait était vrai. Le sommet de la colline était renversé et des rayons de lumière en sortaient.

Le cœur du petit Page battait fort, mais il rassembla son courage, se baissa et se glissa à l'intérieur de la colline.

Il se retrouva dans une grande pièce éclairée par d'innombrables petites bougies et là, assis autour d'une table polie, se trouvaient des dizaines de Petits Êtres : des fées, des elfes et des gnomes, habillés de vert, de jaune et de rose, de bleu, de lilas et de rouge.

Le petit Page se tenait dans un coin sombre et regardait avec émerveillement la scène qui se déroulait sous ses yeux. Il songeait combien il était étrange que tant de petites créatures inconnues des hommes, pussent vivre à une si petite distance d'eux, lorsque soudain quelqu'un (il ne pouvait dire qui) donna un ordre.

— Allez chercher la Coupe ! s'écria le propriétaire de la voix inconnue.

Aussitôt, deux petits Pages Féeriques vêtus de rouge passèrent de la table à une minuscule armoire dans la roche.

Ils revinrent en titubant sous le poids d'une très belle Coupe en argent et bordée d'or à l'intérieur.

La Coupe fut placée au centre de la table, et au milieu des applaudissements et des cris de joie, toutes les Fées se mirent à boire à tour de rôle. De là où il était, le petit Page pouvait voir que même si personne n'y versait rien, la Coupe ne désemplissait pas et le vin qui s'y trouvait variait. Avant de boire, chaque Fée formulait le souhait d'avoir le vin qu'elle aimait le plus et en un instant, la Coupe en était pleine.

— Ce serait merveilleux si je pouvais emporter cette Coupe chez moi, pensait le petit Page.

Personne ne voudra croire que je suis venu ici, sauf si j'ai quelque chose à montrer pour prouver cela.

Alors, il attendit son heure et continua de regarder ce qui se passait.

Au même moment, les Fées remarquèrent sa présence, mais au lieu d'être fâchées qu'il ait eu l'audace d'entrer dans leur demeure ; elles semblaient très heureuses de le voir et l'invitèrent à s'asseoir à leur table.

Cependant, elles devinrent rapidement de plus en plus grossières et insolentes. Elles se moquèrent de lui parce qu'il se contentait de servir de simples mortels. Elles prétendirent qu'elles voyaient tout ce qui se passait au château et se moquèrent du vieux majordome que le Page aimait de tout son cœur. Elles rirent aussi de la nourriture qu'il mangeait, disant qu'elle n'était bonne que pour les animaux ; et chaque fois que les Pages Féériques, habillés de rouge, posaient sur la table un plat frais, elles le lui faisaient passer en disant :

— Goûtez ceci, car vous n'aurez pas la chance de manger de tels mets au Château.

À force, le petit Page ne pouvait plus supporter leurs moqueries et il savait que s'il voulait s'emparer de la Coupe, il n'avait plus de temps à perdre.

Alors, il se leva soudainement et se saisit de la tige de la Coupe.

— Je vais boire de l'eau à votre santé à tous ! s'exclama-t-il.

Et aussitôt, le vin couleur rubis se transforma en eau fraîche et claire.

Il porta la Coupe à ses lèvres, mais il ne but pas. D'un geste brusque, il jeta l'eau sur les bougies et la pièce se retrouva plongée dans l'obscurité. Puis, serrant la précieuse Coupe dans ses bras, il s'élança vers l'ouverture de la Colline, à travers laquelle il pouvait voir les étoiles briller.

Il arriva juste à temps, car à peine était-il sorti qu'un grand fracas se fit entendre derrière lui. Il se mit à rouler à toute vitesse le long de la lande humide et parsemée de rosée, avec toute la troupe des Fées à ses trousses. Ces dernières étaient folles de rage et d'après les cris de fureur qu'elles poussaient, le Page savait bien que si elles le rattrapaient, elles n'auraient aucune pitié pour lui.

Le cœur du petit Page commença à se serrer, car même s'il était rapide comme l'éclair, il n'était pas de taille face au Peuple des Fées qui se rapprochait dangereusement de lui.

Tout semblait perdu, lorsqu'une voix mystérieuse sortit de l'obscurité :

— Si tu veux gagner la porte du Château, suis les pierres noires sur le rivage.

C'était la voix d'un pauvre mortel qui, pour une raison ou une autre, avait été fait prisonnier par les Fées (elles étaient vraiment très malveillantes), et qui ne voulait pas qu'un sort semblable s'abatte sur le jeune aventurier. Bien sûr, le petit Page ignorait cela, mais il avait entendu dire que si quelqu'un marchait sur le sable mouillé, là où les vagues s'étaient jetées, les Fées ne pouvaient pas le toucher. Cette phrase mystérieuse semblant sortir de nulle part lui rappela ce dicton.

Alors, il se tourna et s'élança, haletant, vers le rivage.

Ses pieds s'enfoncèrent dans le sable sec ; il avait le souffle court et l'impression qu'il ferait mieux d'abandonner, mais il persévéra et au moment même où certaines Fées allaient l'attraper, il sauta pour atteindre la ligne de sable humide, là où les vagues venaient de se retirer, et il sut alors qu'il était en sécurité.

Comme les Petits Êtres ne pouvaient pas faire un pas de plus, ils restèrent sur le sable sec en poussant des cris de rage et de déception, tandis que le Page, triomphant, courait en sécurité le long du rivage, avec la précieuse Coupe dans les bras. Il monta les marches du rocher et disparut par la poterne.

De nombreuses années plus tard, alors que petit Page avait grandi et était devenu un majordome majestueux qui formait d'autres petits Pages à suivre ses traces, la belle coupe trônait toujours dans le château, comme un témoin silencieux de son aventure.

Il était une fois, il y a plusieurs siècles de cela, une Reine qui était veuve et qui avait trois filles. Cette Reine était si pauvre et rencontrait tant d'ennuis, qu'elle et ses filles avaient souvent beaucoup de mal à se nourrir.

L'aînée des Princesses décida donc qu'elle allait partir tenter sa chance ailleurs. Sa mère était d'accord.

— Mieux vaut travailler à l'étranger que mourir de faim chez soi, disait la Reine.

Comme il y avait une vieille femme élevant des volailles qui vivait près du château et qui était censée être une sorcière capable de prédire l'avenir, la Reine y envoya la Princesse.

La jeune fille se rendit donc au cottage de l'avicultrice. Elle lui demanda dans quelle direction elle devait aller pour avoir le plus de chance de réussir à faire fortune.

— Passez par la porte arrière de chez moi et vous verrez, répondit la vieille dame.

Celle-ci avait toujours eu beaucoup de peine pour la Reine et ses jolies filles et elle était heureuse de leur rendre service.

La Princesse traversa donc la maisonnette afin d'atteindre la porte-arrière et regarda à l'extérieur. Elle vit alors un magnifique carrosse, tiré par six beaux chevaux de couleur crème, qui longeait la route.

Ravie par ce spectacle inhabituel, elle se dépêcha de retourner à la cuisine et de raconter à la vieille femme ce qu'elle avait vu.

— Eh bien, vous avez vu votre destinée, dit la vieille femme satisfaite, car ce carrosse et ces six chevaux sont là pour vous.

Effectivement, le carrosse et les six chevaux s'arrêtèrent à la porte du château et la deuxième Princesse descendit en courant vers le cottage de la vieille dame pour dire à sa sœur aînée de se dépêcher, car elle était attendue.

Ravie de la chance qui lui était offerte, elle se dépêcha de rentrer chez elle. Après avoir dit au revoir à sa mère et à ses sœurs, elle prit place dans le carrosse et les chevaux partirent au galop immédiatement.

J'ai entendu dire qu'ils l'avaient conduite au Palais d'un grand et riche Prince qui l'épousa ; mais cela ne fait pas partie de mon histoire.

Quelques semaines plus tard, la deuxième Princesse songea qu'elle allait faire comme sa sœur. Alors, elle descendit au cottage de l'avicultrice et lui dit qu'elle aussi comptait partir tenter sa chance ailleurs.

Au fond de son cœur, la jeune fille espérait que ce qui était arrivé à sa sœur lui arriverait aussi.

Et curieusement, c'est ce qui se passa.

La vieille femme l'envoya regarder par la porte de derrière, la Princesse y alla et voilà qu'un autre carrosse conduit par six chevaux arrivait sur la route. Quand elle alla le dire à la vieille femme, cette dernière lui sourit gentiment et lui conseilla de se dépêcher de rentrer, car le carrosse et ces six chevaux étaient venus pour elle, et étaient sa destinée.

Elle rentra au Château en courant, monta dans le carrosse et fut conduite au loin.

Bien sûr, après tous ces heureux événements, la plus jeune Princesse était impatiente de tenter sa chance à son tour.

Le soir même, elle se rendit donc toute guillerette chez la vieille sorcière.

Cette dernière lui dit de regarder par la porte arrière et la Princesse n'était que trop heureuse de le faire, car elle s'attendait à voir un troisième carrosse et six chevaux avancer sur la route principale, en direction de la porte du château.

Mais, hélas : rien de tout cela !

La grande route était déserte et très déçue, elle courut le dire à l'avicultrice.

— Il est donc clair que rien ne vous sera dévoilé aujourd'hui, dit la vieille dame. Il vous faudra revenir demain.

La petite Princesse rentra donc chez elle et le lendemain, elle se rendit une nouvelle fois au cottage de la vieille femme.

Mais une fois de plus, elle fut déçue, car bien qu'elle ait regardé longuement et ardemment, elle n'eut pas le plaisir de voir un carrosse avec six chevaux ni aucun autre carrosse.

En revanche, le troisième jour, elle vit un grand taureau noir qui se précipitait le long de la route en beuglant sur son chemin et en remuant férocement la tête.

Très inquiète, la petite Princesse referma la porte et courut vers la vieille femme pour lui parler de l'animal furieux qui s'approchait.

— Ah, ma chère, qui aurait pu imaginer que le Taureau Noir de Norroway serait votre destin ! s'écria la vieille femme en levant les mains en l'air, consternée.

À ces mots, la pauvre petite jeune fille pâlit. Elle était venue dans l'espoir de découvrir ce que lui réservait l'avenir, mais elle n'avait jamais imaginé une chose aussi terrible.

— C'est impossible, je ne peux pas partir avec un taureau ! cria-t-elle avec effroi.

— Vous allez pourtant y être obligée, répondit calmement la vieille femme. Car vous avez regardé par ma porte avec l'intention d'y rencontrer votre destin et puisque celui-ci est venu à vous, vous devez le suivre.

Lorsque la pauvre Princesse courut trouver sa mère en pleurant pour la supplier de lui permettre de rester à la maison, celle-ci lui répondit la même chose que l'avicultrice. La petite Princesse dut alors se hisser sur le dos de l'énorme Taureau Noir qui s'était approché de la porte du Château et qui attendait désormais plutôt tranquillement.

Dès qu'elle fut installée, l'animal reprit sa course folle pendant que la jeune fille pleurait, tremblait de terreur et s'accrochait de toutes ses forces à ses cornes.

Ils continuèrent leur route jusqu'à ce que la pauvre jeune fille soit si faible, si effrayée et si affamée qu'il lui devenait impossible de rester en place sur le dos de l'animal.

Au moment même où elle sentait ses mains se détacher des cornes de la grande bête et qu'elle se disait qu'elle allait tomber par terre, le taureau tourna légèrement sa tête massive vers elle et lui dit d'une voix merveilleusement douce et agréable :

— Mangez dans mon oreille droite et buvez dans mon oreille gauche, ainsi vous serez revigorée pour la suite de votre voyage.

La Princesse mit donc une main tremblante dans l'oreille droite du taureau et en sortit du pain et de la viande. Malgré sa peur, elle était heureuse de pouvoir manger cette nourriture. Puis, elle glissa sa main dans l'oreille gauche de l'animal et y trouva une petite cruche remplie de vin. Après avoir bu cela, ses forces lui revinrent complètement.

Leur chevauchée continua longuement et péniblement. Alors que la Princesse songeait qu'ils ne devaient plus être très loin du bout du monde, ils aperçurent un magnifique château.

— C'est ici que nous passerons la nuit, dit le Taureau Noir de Norroway. C'est la demeure de l'un de mes frères.

La Princesse était très surprise d'entendre cela, mais elle était trop fatiguée pour s'interroger à propos de quoi que ce soit. Alors, elle ne répondit rien et se contenta de rester assise sur le dos de l'animal jusqu'à ce que le taureau se précipite dans la cour du château et frappe sa grande tête contre la porte.

La porte fut immédiatement ouverte par un valet de pied, qui traita le Taureau Noir avec beaucoup de respect et aida la Princesse à descendre de son dos. Puis le valet conduisit la jeune fille dans une magnifique salle, où le Seigneur du Château et sa Dame ainsi qu'une grande assemblée de nobles étaient réunis. Pendant ce temps, le Taureau Noir trotta avec bonheur en direction du parc qui s'étendait tout autour de la forteresse afin d'y passer la nuit.

Le Seigneur et sa Dame furent très gentils avec la Princesse. Ils lui donnèrent un bon dîner et la conduisirent dans une chambre richement meublée, avec plein de miroirs dorés aux murs, et la laissèrent s'y reposer.

Au matin, alors que le Taureau Noir arrivait en trottinant à la porte d'entrée, ils tendirent à la jeune fille une belle pomme en lui disant de ne pas la couper en deux, mais de la mettre dans sa poche et de la garder jusqu'à ce qu'elle se retrouve dans la situation la plus désespérée qu'un mortel puisse rencontrer. C'est à ce moment-là qu'elle pourrait alors couper la pomme et celle-ci l'aiderait à s'en sortir.

La Princesse plaça donc la pomme dans sa poche et on l'aida à reprendre place sur le dos du Taureau Noir.

Son étrange compagnon et elle purent ainsi continuer leur voyage.

À la nuit tombée, ils aperçurent un autre château, qui était encore plus grand et plus splendide que le premier.

— C'est ici que nous passerons la nuit, dit le Taureau Noir, car c'est la maison d'un autre de mes frères.

Cette fois, la Princesse se reposa dans une très belle chambre avec plein de rideaux de soie. Le Seigneur et la Dame du Château firent tout leur possible pour lui faire plaisir et la mettre à l'aise.

Au matin, avant qu'elle ne parte, ils lui offrirent la plus grosse poire qu'elle n'ait jamais vue et lui dirent de ne pas la couper, mais de la mettre dans sa poche et de la garder jusqu'à ce qu'elle se retrouve dans une situation désespérée. Elle pourrait alors briser la poire et celle-ci l'aiderait à s'en sortir.

Le troisième jour fut identique aux deux autres.

La Princesse et le Taureau Noir de Norroway parcoururent de nombreux kilomètres et au coucher du soleil, ils arrivèrent à un autre Château, plus splendide encore que les deux autres.

Ce château appartenait au frère cadet du Taureau Noir et c'est là que la Princesse passa la nuit, tandis que le taureau restait à l'extérieur, dans le parc.

Lorsqu'ils partirent, la Princesse reçut une très belle prune. On lui conseilla de ne pas la couper avant qu'elle ne se retrouve dans la situation la plus désespérée qu'un mortel puisse rencontrer. C'est à ce moment là qu'elle pourrait briser la prune et que cela la libérerait.

Le quatrième jour, les choses changèrent, car aucun beau château ne les attendait à la fin de leur voyage.

Alors que les ombres commençaient à s'allonger, ils arrivèrent dans un vallon sombre et profond qui était si sinistre et si impressionnant, que la pauvre Princesse sentit son courage l'abandonner.

Le Taureau Noir s'arrêta à l'entrée du vallon.

— Descendez ici, Mademoiselle, dit-il, car un combat mortel m'attend ici. Je dois l'affronter seul et sans aide. Voyez-vous, la région sombre et lugubre qui s'étend devant nous est la demeure d'un grand Esprit des Ténèbres qui fait beaucoup de mal dans le monde. Je voudrais me battre avec lui et le vaincre ; et ma foi, j'ai bon espoir de réussir. Quant à vous, asseyez-vous sur cette pierre, ne bougez pas et ne dites pas un mot jusqu'à mon retour. Sinon, au moindre geste de votre part, le mauvais esprit du Glen s'emparera de vous.

— Mais, comment saurai-je ce qui vous arrive ? demanda la Princesse avec inquiétude, car elle commençait à se prendre d'affection pour l'énorme créature noire qui l'avait si vaillamment portée ces quatre derniers jours. Comment faire, si je ne peux ni bouger ni parler ?

— Vous le saurez par les signes autour de vous, répondit le taureau. Si tout ce qui vous entoure devient bleu, vous saurez que j'ai vaincu le mauvais esprit, mais si tout ce qui vous entoure devient rouge, cela signifiera que le mauvais esprit m'a vaincu.

Sur ces mots, il s'en alla et disparut de la vue de la jeune fille en s'enfonçant dans les sombres recoins de la vallée, laissant la petite Princesse assise immobile sur sa pierre. Elle craignait de bouger, n'aurait-ce été qu'un petit doigt, au cas où un mal inconnu lui tomberait dessus.

Enfin, alors qu'elle était assise là depuis près d'une heure, un curieux changement commença à se produire dans le paysage. D'abord, il devint gris, puis d'un bleu azur profond, comme si le ciel était descendu sur la terre.

— Le taureau a vaincu le mal, pensa la Princesse. Oh ! quel noble animal !

Soulagée et heureuse, elle osa changer de position et croisa ses jambes l'une sur l'autre.

Oh, malheur ! Qu'avait-elle donc fait ?

En un instant, un sort mystérieux s'abattit sur elle, qui la rendit invisible aux yeux du Prince de Norroway.

Ce dernier avait bel et bien vaincu le mauvais esprit. Désormais libéré du sort qui l'avait ensorcelé et l'avait transformé en un grand Taureau Noir, il se dépêcha de revenir dans la vallée pour se présenter, sous son apparence originelle, à la jeune fille qu'il aimait et qu'il espérait épouser.

Il chercha longtemps, très longtemps, mais il ne put la trouver, alors qu'elle était pourtant assise patiemment sur la pierre. Hélas, si le sort empêchait le jeune homme de voir la Princesse, il empêchait également la jeune fille de voir le Prince.

La jeune fille resta assise durant des heures, jusqu'à ce qu'elle soit si fatiguée, si seule et si effrayée, qu'elle éclata en sanglots et s'endormit en pleurant.

Lorsqu'elle se réveilla le lendemain matin, elle songea qu'il ne servait à rien de rester assis là plus longtemps, alors elle se leva et reprit son chemin, sachant à peine où elle allait.

Elle marcha longuement et finit par arriver au pied d'une grande colline faite de verre. Cette dernière lui barrait la route et l'empêchait d'aller plus loin. La jeune Princesse essaya à plusieurs reprises de la gravir, mais en vain, car la surface de la colline était si glissante qu'elle ne réussissait à monter que de quelques mètres avant de redescendre l'instant d'après.

Elle commença donc à marcher au bas de la colline dans l'espoir de trouver un chemin qui la mènerait par-dessus, mais la colline était si grande et la Princesse était si fatiguée, que cela semblait être une quête sans espoir.

La jeune fille continua d'avancer lentement en sanglotant de désespoir. Elle avait le sentiment que si personne ne venait à son aide, elle allait finir par s'allonger et se laisser mourir.

Cependant, à la moitié de la journée, elle arriva près d'une petite maison et à côté de la bâtisse, il y avait une forge, où un vieux forgeron travaillait à son enclume.

Elle entra et demanda à l'homme s'il pouvait lui indiquer un chemin qui la conduirait à travers la montagne. Le vieil homme déposa son marteau et la regarda en secouant la tête.

— Non, Mademoiselle, répondit-il. Il n'existe aucun chemin simple d'accès pour traverser la Colline de Verre. Soit les gens la contournent ; ce qui n'est pas facile, car son pied s'étend sur des centaines de kilomètres, et ceux qui tentent de le faire sont presque sûrs de s'égarer ; soit ils la gravissent et cela ne peut être fait que par ceux qui portent des souliers de fers.

— Comment pourrais-je obtenir ces souliers de fer ? demanda la Princesse avec empressement. Pourriez-vous m'en confectionner une paire, brave homme ? Je vous les paierai volontiers.

Puis elle s'arrêta brusquement, car elle se rappelait soudain qu'elle n'avait pas d'argent.

— On ne peut pas obtenir ces chaussures avec de l'argent, déclara solennellement le vieil homme. Ils ne peuvent être gagnés que si l'on rend des services. Moi seul peux les fabriquer et je ne le fais que pour celles et ceux qui sont prêts à me servir.

— Combien de temps devrai je vous servir pour que vous m'en fabriquiez ? demanda la Princesse à voix basse.

— Sept ans, répondit le vieil homme, car ce sont des chaussures magiques, et « sept » est le nombre magique par excellence.

Alors, comme il n'y avait pas d'autres solutions, la Princesse s'engagea chez le forgeron pour sept longues années. Elle devait nettoyer sa maison, préparer ses repas, confectionner ses vêtements et les raccommoder.

À la fin de ces sept années, le forgeron lui fabriqua une paire de chaussures en fer, grâce à laquelle la Princesse escalada la Colline de Verre avec autant de facilité que si celle-ci avait été recouverte de pelouse verte.

Lorsqu'elle atteignit le sommet de la montagne et redescendit de l'autre côté, la première maison où elle arriva était celle d'une vieille lavandière qui vivait là avec sa fille unique.

Comme la Princesse était très fatiguée, elle alla frapper à la porte de la maison et demanda si on voulait bien la laisser se reposer sur place pour la nuit.

La lavandière, qui était vieille et laide, avec un visage sournois et méchant, répondit qu'elle pourrait rester à une condition : essayer de laver un manteau blanc que le Chevalier Noir de Norroway lui avait apporté après l'avoir taché lors d'un combat.

— J'ai passé toute la journée à le laver, poursuivit la vieille dame, mais c'est comme si je n'avais rien fait. Quand je l'ai sorti du baquet, les taches étaient toujours là, encore plus sombres qu'auparavant. Peut-être auriez-vous plus de succès que moi, jeune fille. Voyez-vous, je n'ai pas envie de décevoir le Chevalier Noir de Norroway, qui est un Prince extrêmement grand et puissant.

— Ce Prince a-t-il un quelconque lien avec le Taureau Noir de Norroway ? demanda la Princesse.

Son cœur s'était réjoui d'entendre ce nom, car elle songeait qu'elle allait peut-être enfin pouvoir retrouver celui qu'elle avait perdu.

La vieille femme la regarda avec suspicion.

— Les deux ne font qu'un, répondit-elle. Le Chevalier Noir s'était fait jeter un sort qui l'avait transformé en Taureau Noir. Ce sort ne pouvait être levé qu'après avoir combattu et vaincu un puissant Esprit du Mal vivant dans un vallon sombre. Il s'est battu contre l'Esprit, l'a vaincu et a donc retrouvé sa vraie forme, mais on dit que son esprit est parfois quelque peu obscurci, car il parle toujours d'une jeune fille qu'il aurait voulu épouser et qu'il a perdue. Sans doute une créature de son imagination. Mais cette histoire n'a aucun intérêt pour une étrangère comme vous, ajouta-t-elle, comme si elle regrettait d'avoir dit tant de choses. Je n'ai plus de temps à perdre à parler. Si vous voulez essayer de laver le manteau, vous êtes la bienvenue chez moi. Dans le cas contraire, je vous prierai de partir et de poursuivre votre route.

Bien évidemment, la Princesse déclara alors qu'elle allait essayer de laver le manteau. On aurait dit que ses doigts avaient un certain pouvoir magique, car dès qu'elle plongea le vêtement dans l'eau, les taches disparurent et il redevint aussi blanc et propre que lorsqu'il était neuf.

La vieille femme était ravie, mais elle était aussi très méfiante, car elle soupçonnait l'existence d'un lien mystérieux entre la jeune fille et le chevalier. Sinon, comment expliquer que le manteau du Prince s'était nettoyé si facilement lorsque l'étrangère l'avait lavé, alors qu'il était resté sale et taché malgré tout le travail qu'elle et sa fille avait fourni ?

Comme elle savait que le jeune homme avait l'intention de revenir le chercher le soir même et qu'elle voulait que sa fille reçoive le mérite de l'avoir lavé, la lavandière conseilla à la Princesse de se coucher tôt afin de pouvoir se reposer après son dur labeur.

La Princesse suivit son conseil et c'est ainsi qu'elle dormait profondément, cachée dans le grand lit du coin, lorsque le Chevalier Noir de Norroway vint au cottage pour réclamer son manteau blanc.

Vous devez maintenant savoir que le jeune homme avait porté ce manteau avec lui pendant les sept dernières années (depuis sa rencontre avec le mauvais esprit de la vallée de Glen) qu'il avait toujours essayé (en vain) de trouver quelqu'un qui pourrait le laver pour lui.

Un Sage lui avait révélé que la femme capable de le lui rendre blanc et propre serait destinée à devenir son épouse, qu'elle fut jolie ou laide, vieille ou jeune. Elle avait ajouté que cette demoiselle se révélerait être une femme aimante, fidèle et toujours prête à l'aider.

Alors, quand le Prince vint à la maison de la lavandière, qu'il reçut son manteau blanc comme neige et qu'il apprit que c'était la fille de la lavandière qui avait accompli ce miracle, il déclara immédiatement qu'il l'épouserait le jour suivant.

Lorsque la Princesse se réveilla le matin et entendit tout ce qui s'était passé pendant son sommeil, son cœur se brisa. Elle avait l'impression qu'elle n'aurait jamais la chance de parler au Prince et de lui dire qui elle était vraiment.

Soudain, bien que plongée dans une profonde détresse, elle se souvint des beaux fruits qu'elle avait reçus lors de son voyage, sept longues années auparavant, et qu'elle avait gardés avec elle depuis lors.

« Je ne serai certainement jamais plus malheureuse que maintenant », se dit-elle.

Alors, elle sortit la pomme et la coupa en deux. Celle-ci était remplie de belles pierres précieuses !

La jeune fille n'en avait jamais vu d'aussi belles et en les voyant, un plan lui vint à l'esprit.

Elle sortit les pierres précieuses de la pomme, les mit dans un coin de son foulard et les porta à la lavandière.

— Voyez, dit-elle, je suis plus riche vous ne le croyez. Et si vous le voulez, toutes ces richesses seront être à vous.

— Comment cela ? demanda la vieille femme avec avidité, car elle n'avait jamais vu autant de pierres précieuses de sa vie auparavant et elle désirait ardemment en devenir la propriétaire.

— C'est simple : repoussez d'un jour le mariage de votre fille, répondit la Princesse. Ensuite, laissez-moi approcher le Chevalier Noir ce soir, quand il dormira, car cela fait longtemps que je désire le voir.

À son grand étonnement, la lavandière accepta cette demande, car la vieille femme (très rusée) désirait plus que tout au monde obtenir ces bijoux qui la rendraient riche à jamais, et il ne lui semblait pas que la demande de la Princesse ait un quelconque effet néfaste. D'autant plus qu'elle planifiait de donner au Chevalier Noir un somnifère, ce qui l'empêcherait de parler avec cette étrange jeune fille.

La lavandière prit donc les bijoux, les enferma dans un coffret et le mariage fut repoussé.

Cette nuit-là, la petite Princesse se glissa dans la chambre du Chevalier noir alors qu'il dormait.

Elle resta de longues heures à son chevet, le regardant et lui chantant cette chanson dans l'espoir qu'il se réveille et l'entende :

— Sept longues années, j'ai servi pour toi,

La Colline de Verre, j'ai gravi pour toi.

Le manteau blanc, j'ai lavé pour toi.

Ne te réveilleras-tu pas pour te tourner vers moi ?

Mais elle eut beau chanter encore et encore, comme si son cœur allait éclater, le Prince ne sembla pas l'entendre et ne bougea pas, car la potion de la vieille lavandière faisait son effet.

Le lendemain matin, toujours plongée dans une grande détresse, la Petite Princesse coupa la poire en deux. Elle espérait que son contenu l'aiderait davantage que celui de la pomme, mais elle y trouva exactement ce qu'elle avait trouvé la veille : un tas de pierres précieuses. Cependant, ces pierres étaient encore plus belles et plus précieuses que les autres.

Alors, comme cela semblait être la seule chose à faire, elle les porta à la vieille femme. De nouveau, elle la soudoya pour repousser le mariage à un autre jour et obtenir d'elle la possibilité de retourner au chevet du Prince Noir.

La lavandière accepta, car elle se disait qu'à ce rythme-là, elle allait devenir très riche. Mais, hélas ! C'est en vain que la Princesse passa de longues heures à chanter de toutes ses forces :

— Sept longues années, j'ai servi pour toi,

La Colline de Verre, j'ai gravi pour toi.

Le manteau blanc, j'ai lavé pour toi.

Ne te réveilleras-tu pas pour te tourner vers moi ?

Le jeune Prince, qu'elle regardait avec tant de tendresse, restait sourd et immobile comme une pierre.

Au matin, elle avait presque perdu espoir, car il ne lui restait plus que la prune et si elle échouait, elle n'aurait plus aucune chance. Elle l'ouvrit, les doigts tremblants, et trouva à l'intérieur une autre collection de pierres précieuses, plus belles et plus rares que toutes les autres.

Elle courut avec celles-ci vers la lavandière, les jeta sur ses genoux et lui dit qu'elle pouvait toutes les garder si elle repoussait encore une fois le mariage, et la laissait surveiller le Prince, une nuit de plus. Bien que très étonnée, la vieille femme accepta.

Ce jour-là, le Chevalier noir, fatigué d'attendre son mariage, était allé chasser avec tous ses serviteurs derrière lui. Et tandis que les serviteurs étaient à cheval, ils parlaient ensemble de quelque chose qui les avait énormément intrigués ces deux dernières nuits.

Enfin, un vieux chasseur s'approcha du chevalier, une question au bout des lèvres.

— Maître, dit-il, nous aimerions savoir qui est la personne à la voix si douce qui chante toutes les nuits dans votre chambre ?

— Une personne qui chante ? répéta-t-il. Mais il n'y a personne ! Ma chambre est aussi silencieuse qu'une tombe et je dors d'un sommeil sans rêves depuis que je suis venu vivre chez la lavandière.

Le vieux chasseur secoua la tête.

— Ne goûtez pas au breuvage de la vieille femme cette nuit, Maître, dit-il. Vous entendrez alors ce que d'autres oreilles ont entendu.

Dans d'autres circonstances, le Chevalier Noir aurait ri de ces paroles, mais ce jour-là, l'homme lui avait parlé avec tant de sérieux, qu'il ne pouvait faire autrement que l'écouter.

Aussi, le soir venu, alors que la lavandière lui apportait comme d'habitude un verre de bière épicée à son chevet, il lui dit que ce n'était pas assez sucré à son goût.

Quand elle partit et retourna à la cuisine chercher du miel, il sauta du lit et renversa tout par la fenêtre. Lorsque la vieille femme revint, il fit semblant d'avoir déjà bu le breuvage.

C'est ainsi qu'il resta éveillé cette nuit-là et qu'il entendit la Princesse entrer dans sa chambre. Il écouta sa petite chanson plaintive, chantée d'une voix pleine de sanglots :

— Sept longues années, j'ai servi pour toi,

La Colline de Verre, j'ai gravi pour toi.

Le manteau blanc, j'ai lavé pour toi.

Ne te réveilleras-tu pas pour te tourner vers moi ?

En entendant cela, il comprit tout.

Il se leva, la prit dans ses bras et l'embrassa. Puis, il lui demanda de lui raconter toute l'histoire. Lorsqu'il apprit ce qui s'était passé, il était tellement en colère contre la vieille lavandière et sa vilaine fille fourbe qu'il leur ordonna de quitter le pays immédiatement.

Il épousa la petite Princesse et ils vécurent heureux toute leur vie.

Il était une fois, il y a fort longtemps, une jolie fille appelée Maisie qui vivait dans une vieille ferme au bord d'une rivière.

Maisie était grande, avec des cheveux auburn et des yeux bleus. C'était la plus jolie fille de toute la vallée et l'on aurait donc logiquement pu penser qu'elle faisait la fierté de sa mère.

Ce n'était pas le cas : au lieu de cela, sa mère soupirait et secouait la tête chaque fois qu'elle la regardait. À cette époque, les hommes ne cherchaient pas une jolie fille à marier, mais plutôt une femme qui était capable de filer la laine, cuisiner et tenir une maison.

Or, si la mère de Maisie avait été une fileuse remarquable ; sa fille n'avait hélas pas pris la relève et cela la désolait.

La jeune fille aimait être à l'extérieur, chasser les papillons et cueillir des fleurs sauvages. Celui lui plaisait bien plus que de rester assise à son rouet. Alors, quand sa mère vit que les amies de sa fille (qui n'étaient pas aussi jolies qu'elle) se mariaient les unes après les autres avec de jeunes hommes riches, elle soupira et dit :

— Ah ! Pauvre de moi, mon enfant. Je pense que jamais aucun prétendant ne s'arrêtera à notre porte en te voyant si oisive et écervelée.

Mais Maisie se contentait de rire.

Un beau matin de Printemps, sa mère finit par se mettre en colère.

Elle posa trois morceaux de fibres à filer sur la table et dit d'un ton sec :

— Je ne veux plus de cette situation. Les gens diront que c'est de ma faute si aucun prétendant ne vient demander ta main. Je ne peux pas rester sans agir et laisser les gens se moquer de « la jeune fille oisive qui ne veut pas se marier ». Maintenant, tu dois travailler. Tu as trois jours pour me filer sept écheveaux de fils à partir de ces fibres de laine. Si tu échoues, je parlerai à la Mère du couvent de Sainte-Marie et tu iras là-bas afin d'apprendre à être une religieuse.

Maisie était une jeune fille oisive, mais elle ne voulait pas être enfermée dans un couvent. Elle essaya donc de ne pas penser au soleil qui brillait dehors et s'assit avec sa quenouille.

Mais, hélas ! elle était si peu habituée au travail qu'elle ne progressait que très lentement. Aussi, elle eut beau rester assise au rouet toute la journée, sans jamais sortir, elle découvrit à la nuit tombée qu'elle n'avait filé que la moitié d'un écheveau de laine.

Le lendemain, ce fut encore pire, car ses bras lui faisaient si mal qu'elle pouvait à peine travailler. Cette nuit-là, elle pleura avant de s'endormir et le lendemain matin, en voyant que c'était sans espoir et qu'elle n'arriverait jamais à finir sa tâche à temps, elle jeta sa quenouille par terre, désespérée, et s'enfuit en courant.

Près de la maison, il y avait un profond vallon traversé par un petit ruisseau. Maisie adorait cet endroit, où les fleurs poussaient en abondance.

Elle courut au bord du ruisseau et s'assit sur une grosse pierre. C'était une belle journée, les noisetiers étaient à nouveau couverts de feuilles et les branches qui se balançaient au-dessus de sa tête se dessinaient comme de délicats entrelacs sur le ciel bleu. Les primevères et les violettes parfumées sortaient entre les herbes, et une petite bergeronnette était venue se percher sur une pierre au milieu du ruisseau. L'oiseau se balançait de haut en bas, si bien qu'on aurait cru qu'il faisait un signe de tête à Maisie et qu'il essayait de lui dire : « Ne t'en fais pas, tout ira bien, courage. »

Mais ce matin-là, la pauvre jeune fille n'était pas d'humeur à profiter des fleurs et des oiseaux. Au lieu de les regarder comme elle le faisait généralement, elle se cachait le visage dans ses mains et se demandait ce qu'elle allait devenir. Elle songeait que ce serait terrible si sa mère mettait sa menace à exécution et l'enfermait dans le couvent de Sainte-Marie, avec les sœurs au visage grave et solennel, qui semblaient avoir complètement oublié ce que c'était que d'être jeune, de courir au soleil, de rire et de cueillir les fleurs fraîches du printemps.

— Oh, je ne peux pas, je ne veux pas ! s'écria-t-elle en éclatant en sanglots. Cela me tuerait de devenir nonne.

— Et qui voudrait faire d'une jolie fille comme vous une nonne ? demanda une voix étrange et aiguë qui semblait être tout près d'elle.

Maisie se leva d'un bond.

De l'autre côté du ruisseau où elle était assise, il y avait un drôle de rocher avec un trou rond au milieu. Cela ressemblait à une grosse pomme dont on aurait retiré le trognon. Et sur ce rocher, était assise la plus étrange des Petites vieilles Femmes.

Maisie connaissait bien ce rocher, elle s'était souvent assise dessus et s'était toujours demandé comment ce drôle de trou avait pu se former là.

Elle regarda la vieille femme. Celle-ci avait des cheveux argentés et le chapeau blanc à gros nœud qu'elle portait sur la tête, aurait pu la faire passer pour une enfant. L'étrange vieille femme portait une jupe courte qui arrivait au-dessus de ses genoux.

Son visage était rond, ses joues étaient roses et elle avait de petits yeux noirs qui scintillaient joyeusement en regardant la jeune fille effrayée. Sur ses épaules se trouvait un châle à carreaux noirs et blancs, et sur ses jambes, qu'elle faisait pendre au bord du rocher, elle portait des bas de soie noirs et de jolies petites chaussures avec de grandes boucles argentées.

En fait, elle aurait été une jolie vieille dame si elle n’avait pas eu une bouche aussi grande et large qui la rendait plutôt laide malgré ses joues roses et ses beaux yeux noirs.

Maisie était restée debout, sans dire un mot, alors la vieille femme répéta sa question :

— Qui veut faire d’une jolie fille comme vous une nonne ? Il est plus probable qu’un galant monsieur veuille faire de vous son épouse.

— Hélas, non, répondit Maisie. Ma mère dit qu’aucun gentleman ne s’intéressera à moi parce que je ne sais pas filer la laine.

— Balivernes ! s’exclama la petite femme. Le filage, c’est très bien pour les vieilles personnes comme moi. Comme vous pouvez voir, ma bouche est grande et large. Eh bien, c'est parce que j'ai trop filé : j'humidifie toujours mes doigts à mes lèvres, car cela aide à tirer le fil de la quenouille. Non, non, prenez soin de votre beauté, mon enfant. Ne la gaspillez pas sur le rouet et encore moins dans un couvent.

— Si seulement ma mère pensait comme vous ! dit tristement la jeune fille.

Et, encouragée par le visage bienveillant de la vieille femme, elle lui raconta toute l'histoire.

— Je n'aime pas voir de jolies filles pleurer, dit la vieille dame. Et si je vous aidais à filer la laine ?

Maisie pensa d'abord que cette offre était trop belle pour être vraie, mais sa nouvelle amie lui demanda de rentrer chez elle et d'aller chercher la fibre de laine.

La jeune fille ne se le fit pas dire deux fois !

À son retour, elle tendit le paquet à la petite dame et s'apprêtait à lui demander où elle pourrait la trouver pour reprendre les écheveaux une fois le travail fini, quand un bruit soudain derrière elle la fit regarder autour d'elle.

Elle ne vit rien ; mais quelle ne fut pas sa surprise lorsqu'elle se retourna à nouveau et constata que la vieille femme avait entièrement disparu, emportant toute la fibre de laine avec elle !

Maisie était horrifiée.

Elle se frotta les yeux et regarda tout autour d'elle, mais la vieille dame demeurait invisible. La jeune fille était complètement perdue. Elle se demandait si elle avait pu rêver, mais non, cela ne pouvait pas être le cas : il y avait ses empreintes de pied qui remontaient la rive et redescendaient, là où elle était allée chercher la fibre et l'avait rapportée. Il y avait la marque de son pied mouillé par la rosée sur une pierre au milieu du ruisseau, là où elle s'était tenue lorsqu'elle avait remis la fibre de laine à l'étrange petite créature.

Qu'allait-elle pouvoir faire maintenant ? Que dirait sa mère quand, en plus de ne pas avoir terminé la tâche qui lui avait été confiée, elle lui avouerait avoir perdu la plus grande partie de la fibre de laine ? Elle courut dans le petit vallon, chercha parmi les buissons et observa dans chaque recoin de la berge, partout où la petite vieille aurait pu se cacher. Tout cela fut vain et finalement, fatiguée par ses recherches, elle s'assit à nouveau sur la pierre et s'endormit rapidement.

Quand elle se réveilla, c'était déjà le soir. Le soleil s'était couché et la lueur jaune à l'horizon ouest cédait rapidement la place à la lumière argentée de la lune.

Maisie s'assit et repensa aux curieux événements de la journée.

Elle regardait le grand rocher d'en face quand il lui sembla qu'un lointain murmure de voix en provenait.

D'un seul bond, elle traversa le ruisseau et grimpa sur la pierre. Elle avait raison : quelqu'un parlait en dessous, tout en bas, dans le sol. Elle approcha son oreille de la pierre et écouta.

La voix de l'étrange petite vieille monta par le trou :

— Ho, ho, ma jolie ! Peu de gens le savent, mais je m'appelle Habetrot.

Pleine de curiosité, Maisie regarda à travers l'ouverture et découvrit le spectacle le plus étrange qu'elle ait jamais vu. C'était comme si elle regardait à travers un télescope et découvrait une merveilleuse petite vallée. Les arbres y étaient plus brillants et plus verts qu'ailleurs, et il y avait de belles fleurs très différentes de celles qui poussaient dans la lande. La petite vallée était tapissée d'une mousse des plus exquises et de haut en bas, la petite vieille dame était occupée à filer la laine.

Elle n'était pas seule, car autour d'elle se trouvait un cercle d'autres petites vieilles femmes qui étaient assises sur de grosses pierres blanches. Elles filaient toutes aussi vite qu'elles le pouvaient.

De temps en temps, l'une d'entre elles levait les yeux et Maisie voyait qu'elles semblaient toutes avoir la même grande bouche épaisse. La jeune fille se sentait vraiment désolée pour elles, car elles avaient toutes l'air très gentilles et auraient pu être fort jolies sans ce défaut.

L'une des fileuses était assise seule et s'occupait d'enrouler en écheveaux le fil que les autres avaient filé. Maisie songea que cette petite dame n'avait pas l'air aussi agréable que les autres. Elle était entièrement vêtue de gris, avait un grand nez crochu et de grandes lunettes en corne. Elle semblait s'appeler Slantlie Mab, car Maisie avait entendu Habetrot s'adresser à elle par ce nom, en lui disant de se dépêcher et de nouer tout le fil, car il se faisait tard et il était temps que la jeune fille le porte chez sa mère.

Maisie ne savait pas trop quoi faire ni comment obtenir le fil, car elle ne souhaitait pas crier dans le trou au cas où l'étrange petite vieille serait en colère d'être surveillée.

Cependant, Habetrot apparut soudainement sur le chemin à côté de la jeune fille, avec les écheveaux de fil à la main.

— Oh, merci ! Merci mille fois ! s'écria Maisie. Que puis-je faire pour vous exprimer ma reconnaissance ?

— Rien, répondit la Fée. Je ne travaille pas pour obtenir des récompenses. En revanche, ne dites surtout pas à votre mère qui est-ce qui a filé la laine à votre place.

Il était tard et Maisie ne perdit pas de temps à rentrer chez elle avec ses précieux écheveaux. Lorsqu'elle entra dans la cuisine, elle découvrit que sa mère était allée se coucher. Elle semblait avoir eu une journée bien remplie, car là, accrochés dans la large cheminée, se trouvaient sept grands boudins noirs.

Le feu était bas, mais brillant et clair. Maddie se dit qu'elle avait très faim et que les boudins noirs frits seraient délicieux.

Elle jeta les écheveaux sur la table puis retira hâtivement ses chaussures pour ne pas faire de bruit et ne pas risquer de réveiller sa mère.

Elle attrapa une poêle, prit l'un des boudins noirs de la cheminée, le fit frire et le mangea.

Elle avait encore faim, alors elle en prit un autre, puis un autre, jusqu'à ce qu'ils aient tous disparu. Puis elle se glissa jusqu'à son petit lit et s'endormit rapidement.

Le lendemain matin, sa mère descendit avant que Maisie ne soit réveillée. En fait, elle n'avait pas beaucoup dormi. Elle avait beaucoup pensé au caractère insouciant de sa fille et elle avait décidé avec tristesse qu'elle ne devait plus perdre de temps pour parler de l'oisiveté de la jeune femme à la Mère Supérieure de Sainte-Marie.

Quelle ne fut pas sa surprise de voir sur la table les sept beaux écheveaux de fil, alors que, en allant à la cheminée pour descendre un boudin noir à faire frire au petit déjeuner, elle découvrit que chacun d'eux avait été mangé ! Elle ne savait pas s'il lui fallait rire de joie que sa fille ait été si assidue ou pleurer de vexation parce que tous ses beaux boudins noirs (dont elle pensait qu'ils dureraient au moins une semaine) avaient disparu.

Bien que désespérée, elle chanta :

— Ma fille en a filé sept sept sept.

Ma fille en a mangé sept sept sept.

Et tout cela avant que l'aube ne se lève lève lève.

J'ai oublié de vous dire qu'à environ un kilomètre de la vieille ferme, il y avait un beau château dans lequel vivait un jeune homme noble. Il était à la fois bon et courageux, ainsi que riche. Toutes les mères qui avaient de jolies filles souhaitaient ardemment qu'il vienne un jour à leur rencontre et qu'il tombe amoureux de l'une d'entre elles. Mais cela n'était jamais arrivé et tout le monde disait :

— Il est trop important pour épouser une fille de la campagne. Un jour, il partira à Londres et épousera la fille d'un Duc.

Eh bien ! Par cette belle matinée de printemps, le cheval préféré de ce jeune noble avait perdu un fer et il avait tellement peur que l'un des palefreniers puisse le monter sur la route en dur plutôt que sur l'herbe tendre des bas-côtés, qu'il avait préféré partir lui-même emmener l'animal jusqu'à la forge.

C'est ainsi qu'il passa devant la porte du jardin de Maisie alors que sa mère était sortie dans le jardin et était en train de chanter ces étranges paroles.

Il arrêta son cheval et dit avec gentillesse :

— Bonjour, Madame ; puis-je vous demander pourquoi vous chantez une chanson aussi étrange ?

La mère de Maisie ne répondit pas, mais elle se retourna et entra dans sa maison. Le jeune noble, très désireux de savoir ce que tout cela signifiait, accrocha sa bride à la porte du jardin et la suivit.

Elle lui montra les sept écheveaux qui étaient sur la table et lui dit :

— Voici ce que ma fille a filé avant le lever du jour.

Le jeune homme demanda alors à voir cette jeune fille qui semblait si travailleuse et sa mère alla chercher Maisie qui s’était cachée derrière la porte quand l’étranger était entré.

La jeune fille était descendue au rez-de-chaussée pendant que sa mère était dans le jardin et elle ne s'attendait pas à rencontrer quelqu'un.

Elle était si belle dans sa robe de vichy bleu ! Ses cheveux auburn s'enroulaient doucement autour de son front et son visage avait rougi à la vue d'un jeune homme si galant. Ce dernier tomba amoureux d'elle sur-le-champ.

— Ma chère mère m'a toujours conseillé d'essayer de trouver une femme à la fois jolie et débrouillarde, dit-il. Je pense que votre fille dépasse mes espérances. Permettez-moi de vous demander sa main et célébrons notre mariage au plus vite, voulez-vous ?

La mère de Maisie était ravie de ce coup de chance inattendu.

Elle s’occupa de tout préparer pour le mariage, mais Maisie elle-même se sentait un peu préoccupée. Elle avait peur qu’on s’attende à ce qu’elle file beaucoup lorsqu’elle serait mariée et vivrait au Château. Si c’était le cas, son mari découvrirait rapidement qu’elle n’était pas une aussi bonne fileuse qu’il le pensait.

Désespérée, la veille de son mariage, elle descendit vers le grand rocher près du ruisseau dans le vallon. Elle grimpa dessus et posa sa tête contre la pierre, puis appela doucement au fond du trou :

— Habetrot ! Chère Habetrot, êtes-vous là ?

La petite vieille femme apparut bientôt. Les yeux brillants, elle demanda à la jeune fille ce qui la troublait tant, alors qu'elle aurait dû être si heureuse. Maisie lui expliqua son trouble.

— Ne vous inquiétez pas pour cela, répondit la Fée. Venez ici avec votre époux la semaine prochaine, à la pleine lune, et je vous garantis qu'il ne vous demandera plus jamais de vous asseoir à un rouet.

Ainsi, après la fin des festivités du mariage et l'installation du couple au château, un soir, Maisie proposa à son mari de se promener ensemble au clair de lune.

Elle était très impatiente de voir ce que la petite Fée allait faire pour l'aider, car ce jour-là, son époux lui avait fait visiter sa nouvelle demeure. Il en avait profité pour lui montrer le beau rouet en ébène qui avait appartenu à sa mère, en disant fièrement :

— Demain, ma chère, je vous apporterai des fibres de lin. Les servantes verront alors à quel point ma femme a des petits doigts habiles.

Maisie avait rougi comme une rose en se penchant sur la belle roue, puis elle s'était sentie mal à l'aise, car elle se demandait ce qu'elle ferait si Habetrot ne l'aidait pas.

Ainsi, ce soir-là, après leur promenade dans le jardin, elle déclara qu'elle aimerait descendre dans le petit vallon et voir à quoi ressemblait le ruisseau au clair de lune. Ils se rendirent donc là-bas.

Dès qu'ils arrivèrent au rocher, Maisie posa sa tête contre le rocher et murmura :

— Habetrot ! Ma chère Habetrot, êtes-vous là ?

Et en un instant, la petite vieille femme apparut.

Elle s'inclina d'une manière majestueuse, comme s'ils lui étaient tous deux étrangers et dit :

— Soyez les bienvenus dans le Puits des Fileuses.

Puis elle tapota sur la racine d'un grand chêne avec une petite baguette qu'elle tenait à la main et une porte verte, que Maisie ne se souvenait pas d'avoir remarquée auparavant, s'ouvrit, et ils suivirent la Fée dans l'autre vallée que Maisie avait vue par le trou de la grande pierre.

Toutes les petites vieilles femmes étaient assises sur leurs cailloux blancs, occupées à travailler, mais elles semblaient bien plus laides qu'elles ne l'avaient jamais été. Maisie remarqua que c'était sûrement car au lieu de porter des jupes rouges et des chapeaux blancs comme auparavant, elles portaient maintenant des capes et des robes d'un gris terne. Et plutôt que d'avoir l'air heureuses, elles semblaient toutes plus tristes les unes que les autres.

— Nous devrions nous sauver d'ici. Quel tas de vieilles sorcières hideuses ! s'exclama son mari. Cette drôle de vieille femme a eu une bien étrange idée de vouloir amener une jolie femme comme vous ici. Vous allez en faire des cauchemars durant sept nuits ! Regardez leurs bouches.

Et après avoir poussé Maisie derrière lui, il s'approcha de l'une des fileuses et lui demanda ce qui avait fait que sa bouche était devenue aussi laide.

Elle essaya de lui répondre, mais elle semblait incapable de bien articuler et aucune des autres vieilles ne semblait apte à parler distinctement, mais il finit par comprendre que c'était à cause du filage.

Il s'empara de la main de Maisie et ils repartirent en vitesse par la porte verte.

— Le rouet de ma mère pourra se transformer en or avant que je vous laisse le toucher si c'est à cela que mène le filage. Il est hors de question que vous perdiez votre beauté, j'aime autant que les coffres de lin du château restent vides à jamais !

Et c'est ainsi que Maisie put passer ses journées à se promener avec son mari, à rire et à chanter à volonté. Chaque fois qu'il y avait des fibres à filer au château, on les descendait sur le gros rocher dans le vallon et on les laissait là. Habetrot et ses compagnes les filaient, et il n'y eut plus de problème à ce sujet.

C'était une belle matinée d'été et le Laird O'Co s'amusait sur la pelouse verte à l'extérieur des murs du château. Son vrai nom était le Laird O'Colzean et ses descendants portent aujourd'hui le fier titre de Marquis d'Ailsa, mais partout dans l'Ayrshire, tout le monde l'appelait le Laird O'Co à cause des Co's (ou grottes) qui se trouvaient dans la roche sur laquelle son château était construit.

C'était un homme gentil et courtois, toujours prêt à aider ses voisins les plus pauvres, et à écouter n'importe quelle triste histoire.

Ainsi, lorsqu'un petit garçon traversa la pelouse en portant un petit bidon à la main, et que, tirant sur son avant-bras, il lui demanda s'il pouvait aller au château chercher un peu de bière pour sa mère malade, le Laird donna immédiatement son accord.

— Va à la cuisine et demande à voir le majordome. Dis-lui que le Laird a donné l'ordre de remplir ton récipient avec la meilleure bière qui se trouve dans la cave, dit-il en tapotant la tête du petit garçon.

Le garçon s'en alla et trouva le vieux majordome qui, après avoir écouté son message, descendit avec lui dans la cave et se mit à exécuter les ordres de son maître.

Il y avait un fût de bière excellente, entièrement réservé à l'usage du Laird, qui avait été ouvert quelque temps auparavant et qui était environ à moitié plein.

« Je vais remplir le récipient de cet enfant avec ça. C'est à la fois nourrissant et léger, c'est ce qu'il y a de mieux pour les gens malades », se dit le vieil homme en prenant le bidon de la main du petit garçon.

Mais quel ne fut pas son étonnement de constater que, bien que la bière coulât assez librement du tonneau, le petit récipient, qui ne pouvait pas contenir plus d'un quart de gallon, restait toujours à moitié plein !

La bière s'y déversa dans un courant d'ambre clair jusqu'à ce que le grand fût soit vide, alors que la quantité qui se trouvait dans le petit bidon ne semblait toujours pas augmenter.

Le majordome ne comprenait pas comment cela était possible. Il regarda le tonneau, puis le bidon ; et il finit par baisser les yeux au sol pour voir s'il n'avait pas renversé de bière. Il vit rapidement que ce n'était pas le cas, car le sol de la cave était aussi blanc, sec et propre que possible.

« Maudit bidon, il doit être ensorcelé. », pensa le vieil homme.

À cette pensée, ses cheveux se dressèrent comme des piquants de porc-épic autour de sa tête, car s'il y avait quelque chose sur terre qu'il redoutait, c'étaient bien les sorcières, les sorciers et tous ceux qui ressemblaient à des Bogles[3].

— Je ne vais pas ouvrir un autre baril, dit-il d'un air bourru, en rendant le récipient à moitié rempli au petit garçon. Tu peux rentrer chez toi avec ce qui est là. La bière du Laird est trop bonne pour être gaspillée pour quelqu'un comme toi.

Mais le garçon tint bon.

Une promesse était une promesse, et le Laird avait à la fois promis et envoyé des ordres au majordome pour que le bidon soit rempli. Il ne rentrerait pas chez lui tant que cela ne serait pas le cas.

---

[3] Fantômes/Esprits effrayants qui prennent plaisir à déconcerter et à effrayer les mortels.

C'est en vain que le vieil homme commença à argumenter puis se mit en colère. Le petit garçon refusait de partir.

— Une promesse est une promesse, dit-il.

Finalement, le majordome, perturbé, le laissa là, et se précipita vers son Maître pour lui dire qu'il était convaincu que le bidon était ensorcelé, car même après y avoir versé un demi-fût entier de bière, le récipient ne s'était rempli que de moitié. Il demanda au Laird s'il voulait bien descendre lui-même et ordonner au garçon de quitter les lieux.

— Je n'en ferai rien, dit le Laird. Ce petit a tout à fait raison. J'ai promis qu'il aurait son bidon plein de bière pour le ramener à sa mère malade et il l'aura. Peu importe si pour cela tous les tonneaux de ma cave sont nécessaires. Alors, hâtez-vous de retourner au Château et ouvrez un autre tonneau.

Le majordome n'osa pas désobéir ; il revint donc à contrecœur sur ses pas, mais, en partant, il secoua tristement la tête, car il lui semblait que non seulement le garçon avec le bidon, mais aussi son Maître, étaient ensorcelés.

Arrivé à la cave, il trouva l'enfant qui l'attendait patiemment à l'endroit où il l'avait laissé et sans perdre plus de temps, il prit le récipient de sa main et perça un autre tonneau.

S'il avait été étonné auparavant, il l'était encore plus maintenant. Quelques gouttes seulement étaient tombées du fût et pourtant le bidon était déjà plein à ras bord.

— Prends ton récipient, mon garçon, et va-t'en vite, dit-il, heureux de ne plus avoir à tenir l'étrange bidon entre ses doigts.

Le garçon ne se fit pas prier. Il remercia le majordome pour la peine qu'il s'était donnée, sans prêter attention au fait que le vieil homme n'avait pas été aussi courtois qu'il aurait pu l'être, et s'en alla. Le majordome tenta de demander de ses nouvelles à tout le pays, mais il n'entendit plus jamais parler du petit garçon. Personne ne savait rien, ni sur lui ni sur sa mère malade.

Les années passèrent et la Maison des O'Co rencontra d'énormes soucis.

Le Laird était allé combattre dans les guerres de Flandre et avait été fait prisonnier, puis condamné à mort.

Il se retrouvait désormais seul dans un pays étranger, où il n'avait pas d'amis pour parler en son nom, et il lui semblait n'avoir aucun espoir de pouvoir s'évader.

La nuit précédant son exécution, il était assis dans sa cellule solitaire, songeant tristement à sa femme et à ses enfants qu'il ne s'attendait plus à revoir. En pensant à eux, l'image de sa maison lui vint clairement à l'esprit : le grand et vieux château sur son rocher, le pré avec les jolies marguerites qui s'étendaient devant ses portes et où il avait l'habitude de se promener dans les douces matinées d'été.

Puis, de façon inattendue, la vision du petit garçon portant un bidon, venu mendier de la bière pour sa mère malade, et qu'il avait depuis longtemps oublié, s'éleva devant lui.

La vision était si claire et distincte qu'il avait l'impression de revivre la scène. Il se frotta les yeux pour s'en débarrasser, estimant que s'il devait mourir demain, mieux valait qu'il songe à autre chose.

Mais alors qu'il faisait cela, la porte de sa cellule s'ouvrit sans bruit, et là, sur le seuil, se tenait le même petit garçon. Ce dernier ne semblait pas avoir vieilli d'un jour. Il porta un doigt sur sa lèvre pendant qu'un sourire mystérieux se dessinait sur son visage.

— Laird O'Co, levez-vous et venez, chuchota le petit garçon en lui faisant signe de le suivre.

Le Laird fit ce qu'il lui disait, trop étonné pour penser à poser des questions.

L'enfant le guida à travers les longs couloirs de la prison. Chaque fois qu'il arrivait devant une porte fermée, il n'avait qu'à la toucher et elle s'ouvrait devant eux, de sorte qu'en peu de temps, ils furent en sécurité à l'extérieur des murs.

Le Laird, ravi, aurait submergé son petit sauveur de mots de remerciements si le garçon n'avait pas levé la main pour l'arrêter.

— Montez sur mon dos, dit il brièvement, car vous ne serez pas en sécurité tant que vous ne serez pas sorti de ce pays.

Le Laird obéit et aussi étrange que cela puisse paraître, le garçon était capable de supporter son poids. Dès qu'il fut confortablement assis sur le dos de l'enfant, ils partirent, voyageant par la mer et par la terre, sans jamais s'arrêter. Et en presque moins de temps qu'il n'en faut pour le dire, le garçon déposa le Laird à l'aube, sur la pelouse couverte de marguerites, devant son château, à l'endroit même où il lui avait parlé pour la première fois, tant d'années auparavant.

Puis il se retourna et posa sa petite main sur celle du Laird :

— Un acte de bonté en mérite un autre en retour. Prenez cela comme un remerciement pour avoir été aussi gentil avec ma chère mère, dit-il avant de disparaître.

Et depuis ce jour, plus personne ne le revit.

Il était une fois, un fermier sans le sou qui avait trois fils. Ces derniers décidèrent de partir le même jour, afin de chercher à faire fortune ailleurs.

Les deux aînés étaient de jeunes hommes pleins de bon sens et travailleurs, mais le plus jeune n'avait jamais rien fait d'utile à la maison. Il aimait tendre des pièges aux lapins, chasser des lièvres dans la neige et inventer toutes sortes de tours, d'abord pour ennuyer les gens et ensuite, pour les faire rire.

Arrivés à un carrefour, les trois frères se séparèrent et Jack emprunta le chemin le plus déserté. Il ne cessa de pleuvoir et à la tombée de la nuit, lorsqu'il approcha d'une maison isolée un peu à l'écart de la route, Jack était trempé et fatigué.

— Que voulez-vous ? demanda une vieille femme aux yeux clairs qui était assise au coin d'un feu.

— Un souper et un lit.

— C'est impossible, répondit-elle.

— Pourquoi pas ?

— Les propriétaires de la maison n'accepteront pas, dit la vieille femme. Ces six honnêtes hommes sont dehors la plupart du temps, jusqu'à trois ou quatre heures du matin, mais s'ils vous trouvent ici, ils ne vous laisseront pas partir vivant.

— Vous exagérez sûrement. Donnez-moi donc quelque chose du placard à provisions, car je vais rester ici. De toute façon, me faire tuer par eux ne sera pas pire que de mourir de froid dans un fossé ou sous un arbre.

La vieille dame, effrayée par cet étrange visiteur, lui servit un bon souper. Quand Jack alla se coucher, il lui dit d'empêcher que l'un des six honnêtes hommes vienne le déranger en rentrant à la maison.

Lorsqu'il se réveilla le lendemain matin, il y avait six voyous hideux autour de son lit. Il s'appuya sur son coude et les regarda.

— Qui es-tu ? demanda le Chef, et que viens-tu faire ici ?

— Mon nom est Maître Voleur, répondit Jack. Je suis à la recherche d'apprentis et d'ouvriers. Si je vous trouve bons, peut-être que je vous donnerai quelques leçons.

Les voyous étaient un peu intimidés, mais leur Chef déclara tout de même :

— Eh bien, lève-toi, et après le petit déjeuner, nous verrons qui sera le maître et qui sera l'ouvrier.

Ils venaient de finir leur repas quand ils virent un fermier qui conduisait une belle et grosse chèvre au marché.

— L'un d'entre vous sera-t-il capable de voler cette chèvre à son propriétaire avant qu'il ne quitte ce bois et cela, sans la moindre violence ? demanda Jack.

— Je ne pourrai pas faire ça, répondit l'un d'entre eux

— J'en serai incapable, répondit un autre.

— Je suis votre Maître, alors je vais m'en occuper, affirma Jack.

Il se faufila à travers les arbres, et une fois arrivé au niveau d'un virage, il déposa sa brogue[4] droite en plein milieu du chemin. Puis il courut jusqu'à un autre virage et y déposa sa brogue gauche avant d'aller se cacher.

Quand le fermier vit la première chaussure, il se dit :

« Ça aurait de la valeur s'il y avait le pied gauche, mais seul, ça ne vaut rien du tout. »

---

[4] Chaussure de ville.

Il continua de marcher et finit par arriver à la deuxième chaussure.

« Quel idiot j'ai été de ne pas prendre l'autre ! se dit-il. Je vais revenir sur mes pas afin de la ramasser. »

Alors, il attacha la chèvre à un jeune arbre et partit chercher la brogue. Mais Jack, qui s'était caché derrière un autre arbre, l'avait déjà remise à son pied, et quand l'homme passa le virage et disparu de sa vue, il s'empressa de reprendre sa seconde chaussure, détacha la chèvre et l'emmena à travers le bois.

Malheur ! Le pauvre homme ne trouva pas la première brogue et quand il revint, la seconde chaussure et la chèvre n'étaient plus là !

— Bon sang ! Que vais-je faire ? J'avais promis à Johanna de lui acheter un châle. Je vais conduire une autre bête au marché. Si Johanna découvrait à quel point j'ai été idiot, elle n'en finirait pas de se moquer de moi.

Les voleurs étaient en grande admiration devant Jack. Ils le supplièrent de leur raconter comment il avait réussi à duper le fermier, mais il refusa.

Peu de temps après, ils virent le pauvre homme conduire un beau et gros mouton dans la même direction.

— Lequel d'entre vous sera capable de voler ce mouton avant qu'il n'ait quitté le bois et sans user de la moindre violence ? demanda Jack.

— Pas moi, répondit l'un d'entre eux

— J'en serai incapable, répondit un autre.

— Je vais essayer, dit Jack. Donnez-moi une corde bien solide.

Le pauvre fermier marchait à vive allure tout en songeant encore à sa mésaventure, lorsqu'il vit un homme suspendu à la branche d'un arbre.

— Seigneur, sauve-nous ! dit-il. Ce cadavre n'était pas là il y a une heure.

Il continua à marcher un peu, et découvrit un autre cadavre suspendu.

— Puisse Dieu nous protéger du danger, dit-il. Ne serais-je pas en train de perdre la raison ?

Un peu plus loin, à un autre virage, un troisième cadavre était suspendu.

— Oh, Seigneur ! s'exclama-t-il. C'est impossible ! Comment pourrait-il y avoir trois hommes pendus si près les uns des autres ? Je dois être devenu fou. Je vais retourner sur mes pas et voir si les autres corps sont toujours là.

Il attacha le mouton à un jeune arbre, et repartit. Mais alors qu'il passait le premier virage, le pendu descendit, détacha le mouton et le ramena chez lui, se faufilant à travers les bois, jusqu'à la maison des voleurs.

Le pauvre fermier fut dévasté quand, après n'avoir trouvé personne (mort ou vif) en chemin, il ne vit ni son mouton ni la corde avec laquelle il avait attaché l'animal.

— Oh, quel jour de malchance ! s'écria-t-il. Que va me dire Johanna ? Ma matinée est fichue. J'ai perdu une chèvre et un mouton ! Je vais devoir vendre autre chose pour pouvoir lui acheter son châle. Notre gros taureau se trouve dans un champ près d'ici. Elle ne me verra pas le prendre.

Imaginez donc la surprise des voleurs quand ils virent arriver Jack avec le mouton !

— Si tu réussis un autre tour de ce genre, alors je me résoudrai à te laisser les rênes du clan, dit le Chef des voleurs.

Peu de temps après, ils aperçurent de nouveau le fermier. Cette fois, il avait un taureau avec lui.

— Lequel d'entre vous sera capable de voler ce taureau sans user de la moindre violence ? demanda Jack.

— Pas moi, répondit l'un d'entre eux

— J'en serai incapable, répondit un autre.

— Je vais essayer, dit Jack.

Et aussitôt, il partit dans la forêt.

Le fermier se trouvait à peu près à l'endroit où il avait vu la première brogue quand il entendit le bêlement d'une chèvre à sa droite dans le bois.

Il tendit l'oreille et entendit ensuite le bêlement d'un mouton.

— Bon sang ! s'exclama-t-il. Il s'agit peut-être des bêtes que j'ai perdues !

On entendit encore des bêlements.

— Ils sont là, j'en mettrais ma main au feu, dit-il.

Alors, le fermier attacha son taureau à un jeune arbre et s'en alla dans le bois.

Il marcha en direction de l'endroit d'où les bruits semblaient provenir. Lorsqu'il se trouva à environ un kilomètre de l'endroit où il avait attaché la bête, les cris cessèrent complètement. Il chercha sans relâche, puis fatigué, décida de retourner sur ces pas. Hélas, quand il revint, le taureau avait disparu et demeurait introuvable.

Cette fois, quand les voleurs virent Jack et son butin entrer dans la grange, ils ne purent s'empêcher de crier :

— Jack doit être notre Chef.

Un festin fut alors donné, et tout le reste de la journée fut consacré à boire et à manger. Avant d'aller se coucher, les voleurs montrèrent à Jack la grotte au trésor où était caché leur argent, ainsi qu'une autre grotte où ils dissimulaient leurs masques et déguisements. Puis, ils lui jurèrent obéissance.

Environ une semaine plus tard, alors qu'ils étaient réunis pour prendre leur petit déjeuner, les voleurs dirent à Jack :

— Voudrais-tu bien t'occuper de la maison pour nous aujourd'hui, pendant que nous serons à la foire de Mochurry ? Cela fait si longtemps que nous n'avons pas fait de folies ! La prochaine fois, ce sera ton tour.

— C'est d'accord, vous n'aurez pas à me le dire deux fois, dit Jack.

Et ils s'en allèrent.

Après leur départ, Jack demanda à la vieille gouvernante :

— Est-ce que ces hommes vous font parfois un cadeau ?

— Ah, j'aimerais bien. Mais non, jamais.

— Eh bien, venez avec moi et je ferai de vous une femme riche.

Il l'emmena à la grotte au trésor, et tandis qu'elle regardait d'un air émerveillé les tas d'or et d'argent, Jack remplit ses poches au maximum. Il en mit davantage encore dans un petit sac, puis sortit en fermant la porte à clé sur la vieille sorcière et en prenant soin de laisser la clé dans la serrure.

Il revêtit ensuite de beaux habits, prit la chèvre, le mouton et le taureau, puis les conduisit à la maison du fermier.

Johanna et son mari étaient devant la porte. Quand ils virent les animaux, ils applaudirent pour manifester leur joie.

— Savez-vous à qui appartiennent ces bêtes ? demanda Jack.

— Bien sûr : ce sont les nôtres !

— Je les ai trouvés errants dans le bois. Est-ce que ce sac contenant dix guinées à l'intérieur et qui est accroché au cou de la chèvre est aussi à vous ?

— Non, il ne l'est pas.

— Bien, peu importe, puisque je ne veux pas de cet argent, autant que vous le gardiez et considériez cela comme un don du ciel.

— Soyez béni pour votre bonté, Monsieur !

Jack continua son voyage, jusqu'à ce qu'il arrive chez son père à la nuit tombée.

Il entra et demanda :

— Pourrais-je avoir une chambre pour la nuit ?

— Oh ! mais, Monsieur, notre maison n'est pas faite pour un gentleman tel que vous.

— Allons donc, ne reconnaissez-vous pas votre propre fils ? demanda-t-il à ses parents, ainsi qu'au reste de la famille présente.

Chacun d'eux ouvrit grand les yeux et ce fut une lutte dans la maison pour savoir qui serait le premier à le serrer dans ses bras.

— Mais, Jack, d'où viennent ces beaux vêtements ?

— Vous pourriez aussi bien me demander où j'ai eu tout cet argent, répondit-il en vidant ses poches sur la table.

Ils eurent tous très peur, mais quand il leur raconta ses aventures, chacun fut apaisé et tous se couchèrent avec le sourire aux lèvres.

Le lendemain, Jack dit à son père :

— Va voir le propriétaire de ces terres et dis-lui que je souhaite épouser sa fille.

— Je crains qu'il ne lance ses chiens sur moi. Que lui dirai-je s'il me demande comment tu as gagné tout cet argent ?

— Tu n'auras qu'à lui répondre que je suis un Maître Voleur et que personne ne m'égale. Ajoute que je vaux mille livres et que tout ce que je possède a été dérobé sans violence aux plus grands des voleurs qui sévissent en liberté dans le royaume. Parle-lui quand sa fille sera à ses côtés.

— C'est un drôle de message que tu m'envoies transmettre. J'ai peur que cela ne se termine pas bien.

Le vieil homme revint deux heures plus tard.

— Alors, comment cela s'est-il passé ?

— Eh bien, la demoiselle ne m'a pas semblé réticente. Je suppose que tu lui avais déjà parlé auparavant. Le Châtelain a ri et a dit que si dimanche prochain tu réussissais à voler l'oie à la broche dans sa cuisine, il s'occuperait de votre union.

— Oh, ça ne devrait pas être difficile.

Le dimanche suivant, après la messe, le Châtelain et tout son personnel étaient dans la cuisine, et l'oie cuisait autour du feu. La porte de la cuisine s'ouvrit et un misérable vieux mendiant avec un grand sac sur son dos entra.

— La maîtresse des lieux aurait-elle quelque chose à m'offrir à la fin du dîner, Votre Honneur ?

— Bien sûr. Nous n'avons pas de place ici pour vous pour le moment, mais asseyez-vous donc sous le porche un moment.

— Que Dieu vous bénisse, vous et votre famille !

Peu de temps après, quelqu'un qui était assis près de la fenêtre s'écria :

— Oh, Monsieur, il y a un gros lièvre qui court dans l'enceinte du château. Devrions-nous sortir et tenter de l'attraper ?

— Attraper un lièvre ? Mais vous n'aurez aucune chance de réussir ! Vous feriez mieux de rester où vous êtes, mon brave.

Ce lièvre s'échappa dans le jardin, mais Jack, glissé dans ses vêtements de mendiant, en fit bientôt sortir un autre de son sac.

— Maître, le voilà de nouveau ! Il ne peut pas nous échapper : allons le poursuivre. La porte du hall est fermée de l'intérieur, Monsieur Jack ne pourra pas entrer.

— Restez tranquille, vous dis-je.

Quelques minutes plus tard, des cris résonnèrent à nouveau : le lièvre était toujours là.

En réalité, il s'agissait du troisième que Jack venait de libérer de son sac.

Cette fois-ci, tout le monde sortit en courant et le Châtelain s'apprêtait à partir à leur poursuite. Le voyant hésiter, le mendiant lui demanda :

— Souhaitez-vous que je tourne la broche, Votre Honneur, pendant qu'ils attrapent le lièvre ?

— Oui, faites donc, et surtout ne laissez personne entrer ici.

— Vous pouvez compter sur moi, Votre Honneur.

Le troisième lièvre parvint à s'enfuir, tout comme les deux autres avant lui, et quand tout le monde revint bredouille de la chasse, il n'y avait plus ni mendiant ni oie dans la cuisine.

— Ah, Jack, vous m'avez bien eu ! dit le Châtelain.

Alors qu'ils pensaient préparer un autre dîner, un messager vint de la part du père de Jack pour prier le Châtelain, son épouse et leur fille de bien vouloir traverser les champs et venir à leur rencontre. Comme il n'y avait aucune fierté mal placée chez la famille de nobles, ils s'y rendirent et se virent offrir un repas avec de la dinde rôtie, du rosbif et leur propre oie rôtie. Le châtelain se mit à rire à pleins poumons du tour que Jack lui avait joué et l'affection que la jeune femme avait déjà pour Jack ne fit que se confirmer.

Un peu plus tard, le Châtelain dit à Jack :

— Vous ne pourrez avoir la certitude d'obtenir la main de ma fille que si vous parvenez à voler mes six chevaux, demain soir, dans l'écurie. Ceux-ci seront sous la surveillance de six hommes.

— Comme il vous plaira, répondit Jack. Je ferai tout pour un seul regard de votre fille.

À ces mots, les joues de la jeune femme devinrent rouges comme un coquelicot.

Le lundi soir, les six chevaux étaient dans leurs stalles et un homme était assis sur chaque cheval, avec un bon verre de whisky sous son gilet.

La porte avait été laissée grande ouverte pour Jack.

Les hommes plaisantaient et chantaient, prenant en pitié le pauvre jeune homme qui devrait tenter de leur voler les chevaux. Il n'avait aucune chance !

Les heures s'écoulèrent et le whisky perdit de sa puissance.

Les six hommes commençaient à frissonner et souhaitaient ardemment que le matin arrive.

Une Cailleach[5] se présenta à la porte. Elle avait une demi-douzaine de sacs autour d'elle et une barbe d'un demi-pouce de long au menton.

— Ah ! Braves gens au cœur tendre, dit-elle, m'accorderez-vous le droit de rentrer et me donnerez-vous un brin de paille dans un coin ? Je vais mourir de froid si vous ne me laissez pas m'abriter.

Comme ils ne voyaient aucun mal à cela, ils acceptèrent et la vieille femme s'installa aussi confortablement que possible. Les hommes la virent sortir une grosse bouteille noire et en boire une gorgée. Elle toussa et se lécha les lèvres. Elle

[5] Créature divine de la mythologie gaélique. Le mot signifie « vieille femme/sorcière ».

semblait se sentir un peu plus à l'aise et les hommes ne pouvaient détacher leur regard d'elle.

— Je vous en offrirai bien un peu, dit-elle, mais je crains que vous ne trouviez cet alcool trop bon marché.

— Oh, ne vous en faites pas, dit l'un d'eux. Merci de nous offrir à boire. Nous allons goûter à votre vin.

Elle leur donna donc la bouteille et ils la firent circuler entre eux. Le dernier homme eut la politesse de laisser la valeur d'un demi-verre au fond pour la vieille femme. Ils la remercièrent de nouveau et affirmèrent que c'était le meilleur vin qu'ils aient jamais eu l'occasion de boire.

— Je vous en prie, c'est moi qui suis heureuse de pouvoir vous montrer combien je vous suis reconnaissante d'avoir eu la gentillesse de me donner un abri. J'ai une autre bouteille de vin, vous pouvez la partager entre vous pendant que je me repose un peu.

Ils burent sans se priver et avant que le dernier des six hommes n'arrive au fond de la seconde bouteille, le premier était tombé endormi sur la selle du cheval, car cette deuxième bouteille contenait un somnifère mélangé au whisky.

La vieille femme souleva chaque homme et le déposa dans la paille, bien au chaud. Puis elle enfila un bas sur chaque sabot de cheval et les emmena ainsi sans bruit dans l'une des dépendances du père de Jack.

La première chose que le Châtelain vit le lendemain matin était Jack qui remontait l'avenue. Cinq chevaux marchaient au pas derrière celui qu'il montait.

— Que toi et les imbéciles qui se sont laissés duper alliez au Diable !

Il partit en trombe à l'écurie, où il eut bien du mal à réveiller les six hommes, penauds de s'être fait piéger.

— Après tout, dit le Châtelain alors qu'ils prenaient ensemble un petit déjeuner, ce n'était pas bien difficile de tromper ces gros bêtas. Je vais chevaucher dans la lande durant deux à trois jours et si vous réussissez à me subtiliser la bête que je vais chevaucher, vous mériterez d'être mon gendre.

— Comme il vous plaira, dit Jack, l'amour de votre fille m'importe plus que tout.

La jeune femme brandit sa coupelle devant son visage pour cacher sa gêne et le rouge qui lui montait aux joues.

Cela faisait des heures que le Châtelain chevauchait et il n'avait vu aucun signe de Jack. Il songeait à rentrer enfin chez lui lorsqu'il remarqua que l'un de ses domestiques venait à sa rencontre en courant.

— Oh, Maître ! s'écria celui-ci d'aussi loin qu'on pouvait l'entendre. Faites vite si vous souhaitez voir la pauvre Maîtresse vivante ! Je cours chercher le médecin. Votre épouse est tombée du deuxième étage. Son cou, ses hanches et ses deux bras sont cassés. Elle est sans voix et respire à peine. Venez vite !

— Mais, ne feriez-vous pas mieux de prendre le cheval ? Le médecin est à deux kilomètres d'ici.

— Comme vous souhaitez, Maître. Oh, pauvre Maîtresse Alanna, avec son corps tout meurtri !

— Cessez de parleret partez aussi vite que possible ! Oh, ma chère épouse. Quelle épreuve !

Il partit telle une furie et fut étonné de voir qu'il n'y avait aucune agitation autour du château. Il entra dans le hall et courut au salon, où il découvrit sa femme et sa fille occupées à coudre.

Celles-ci sursautèrent en le voyant arriver en hâte, l'air horrifié.

— Oh, ma chère femme ! s'exclama-t-il quand il recouvra la parole. Comment est-ce possible ? Êtes-vous blessée ? N'avez-vous pas fait une chute dans les escaliers ? Que s'est-il passé ? Racontez-moi tout !

— Dieu merci, il ne s'est absolument rien passé depuis votre départ, mon cher. Où avez-vous laissé votre cheval ?

Personne ne pourrait décrire l'état dans lequel le Châtelain se sentit pendant le quart d'heure qui suivit. Il était partagé entre la joie de voir sa femme en parfaite santé et la colère contre Jack qui l'avait piégé. Il vit le cheval remonter l'avenue avec un petit garçon en selle, les pieds dans les étriers de cuir.

Le domestique ne réapparut que bien des jours plus tard ; les dix guinées d'or que Jack lui avait donné et qu'il avait glissé dans sa poche le faisaient se sentir comme un roi.

Jack se présenta le lendemain matin et il reçut un accueil étrange.

— C'est un bien mauvais tour que vous m'avez joué, dit le Châtelain. Je n'oublierai jamais le choc que j'ai eu. Mais je suis si heureux depuis, que je pense que je ne vous donnerai plus qu'une seule épreuve. Si cette nuit vous arrivez à retirer le drap sur lequel ma femme et moi dormons, le mariage pourra avoir lieu demain.

Je vais essayer, dit Jack. Cependant, si vous tenez votre fille loin de moi plus longtemps, je viendrai vous la voler, quand bien même serait-elle gardée par des dragons redoutables.

Cette nuit-là, alors que le Châtelain et son épouse étaient au lit et que la lune brillait à travers la fenêtre, il vit une tête apparaître par-dessus le rebord de la fenêtre, avant de redescendre.

— C'est Jack qui jetait un coup d'œil dans notre chambre ! s'exclama le Châtelain. Je vais le surprendre un peu, ajouta-t-il en pointant un fusil sur le bas de la vitre.

— Oh, Seigneur, mon cher ! s'écria sa femme. Vous n'allez pas tirer sur ce brave homme et risquer de le tuer ?

— Bien sûr que non. Il n’y a rien d’autre qu’un peu de poudre là-dedans.

De nouveau, la tête apparut par-dessus le rebord de la fenêtre et le coup partit. Le corps de l’intrus tomba et l’on entendit un grand bruit sur le chemin de gravier.

— Oh, grand Dieu ! Ce pauvre Jack doit être mort ou gravement blessé.

— J’espère que non, dit le Châtelain.

Ce dernier descendit alors les escaliers en courant, sans penser à fermer la porte derrière lui. Il ouvrit le portail et se précipita dans le jardin.

La Châtelaine entendit sa voix à la porte de la chambre en un temps record.

— Chère épouse, dit-il depuis la porte, donnez-moi le drap. Il n'est pas tué, mais il saigne abondamment. Je dois l'essuyer du mieux que je peux et trouver quelqu'un pour m'aider à le porter.

Alors, la femme retira le drap du lit et le lui jeta. Il courut, rapide comme l'éclair et à peine devait-il avoir eu le temps d'aller dans le jardin, qu'il était déjà de retour.

— Ah, ce voyou de Jack s'est encore joué de moi !

— Un voyou ? répéta sa femme. Le pauvre homme n'est-il pas meurtri et plein de sang ?

— Je ne me suis pas soucié de savoir s'il l'était. Savez-vous ce qui se balançait à notre fenêtre et qui a fait tant de bruit en tombant ? Un vulgaire bonhomme de paille et de pierres habillé de vêtements d'homme.

— Dans ce cas, pourquoi vouliez-vous le drap tout à l'heure pour essuyer son sang, s'il ne s'agissait que d'un bonhomme de paille.

— Le drap ? Je n'ai jamais voulu de drap !

— Eh bien, que vous l'ayez voulu ou non, je vous l'ai jeté, vous vous teniez devant la porte, dans l'obscurité.

— Oh, Jack, vilaine canaille ! s'exclama le Châtelain. Cela ne sert plus à rien de vouloir lutter contre lui. Nous allons nous passer du drap pour cette nuit. Demain, le mariage aura lieu et nous ne rencontrerons plus de problèmes.

Le lendemain, Jack épousa donc la fille du Châtelain. La jeune fille était très heureuse et Jack se révéla être un très bon mari.

Quant au Châtelain et à sa Dame, ils ne se lassaient jamais de faire l'éloge de leur gendre : « Jack le voleur rusé ».

www.ingramcontent.com/pod-product-compliance
Ingram Content Group UK Ltd.
Pitfield, Milton Keynes, MK11 3LW, UK
UKHW021909190726
13853UKWH00002B/581